A BICICLETA DE HOFMANN

Cavalcanti, André Dias
A Bicicleta de Hofmann / André Dias Cavalcanti.
Contos
Primeira edição – 08 de dezembro de 2025
Belo Horizonte - MG
Publicação Independente
imagem da capa: www.freepik.com
ISBN: 9798300080778

Índice para Catálogo sistemático:
I. Literatura brasileira: Contos
II. Literatura: Conto (Brasil)

Contos

André Dias Cavalcanti

DIREITOS AUTORAIS

Em um mundo interconectado, a arte e a criatividade deveriam fluir livremente, atravessando fronteiras e enriquecendo a cultura global. Como autor, acredito na disseminação responsável da literatura, e é por isso que desejo estender a todos vocês a permissão para copiar e reproduzir qualquer um dos meus contos, desde que sejam utilizados para fins não comerciais.

Acredito que as histórias são feitas para serem compartilhadas, discutidas e apreciadas por todos que desejam se envolver com elas.

Se algum dos meus contos tocar seu coração, inspirar seu dia ou simplesmente lhe proporcionar um momento de prazer literário, você está convidado a compartilhá-lo com o mundo.

Contudo, faço uma solicitação simples: ao reproduzir qualquer um dos meus contos, peço gentilmente que você cite a fonte original e indique claramente o autor. Isso não é apenas uma maneira de reconhecer o esforço criativo empregado na elaboração dessas histórias, mas também de garantir e facilitar que outros leitores possam se conectar diretamente com meu trabalho, se assim desejarem.

Caso queiram compartilhar comigo as impressões que tiveram das histórias, meu contato pode ser encontrado no final do livro.

Para solicitar permissões de uso comercial das histórias deste livro, entre em contato com o autor.

andredias.adc@gmail.com

André Dias Cavalcanti

DEDICATÓRIA

À memória do meu pai, Sílvio Vieira Cavalcanti Filho, que, por meio de um anseio ancestral inscrito em suas células, trouxe-me à existência — a mim e a meus oito irmãos.

"E aqueles que foram vistos dançando foram julgados como loucos por aqueles que não podiam escutar a música."

Friedrich Nietzsche

Sumário

CONTOS

NOITE DE ESTREIA

A noite era aguardada com grande expectativa. O público, bem arrumado, esperava a estreia do espetáculo, ansioso por novas sensações e momentos de prazer e descontração. Após a apresentação, o destino era previsível: os restaurantes sofisticados, onde as conversas sobre o que foi visto no palco se misturariam ao vinho e a pratos delicados, tornando a noite ainda mais memorável.

Enquanto os últimos murmúrios se dissipavam, casais sentados lado a lado trocavam olhares, alguns segurando discretamente as mãos, compartilhando a mesma antecipação. As luzes, que antes davam à sala um brilho suave, começaram a diminuir gradualmente, mergulhando o ambiente em uma penumbra íntima. Aos poucos, o burburinho das vozes foi sendo substituído pelo silêncio, como se todos ali fizessem parte de um grupo coeso, prontos para se entregarem à experiência que estava por vir.

Quando as cortinas se abriram e a primeira nota da orquestra ecoou, o público logo percebeu que não se tratava de uma composição comum. Os sons iniciais, com suas dissonâncias e ritmos complexos, provocaram uma sensação de desconforto. O fagote, com seu timbre agudo, parecia invocar uma força primordial, um prenúncio de algo selvagem e indomável. A música concentrava uma energia violenta, enquanto as harmonias não convencionais quebravam as expectativas de uma plateia acostumada à suavidade e elegância. Em vez da graciosidade habitual das bailarinas, os dançarinos moviam-se bruscamente, lançando os pés pesadamente no chão, como se fossem atraídos por uma força poderosa vinda do interior da terra. Seus corpos sacudiam e se contorciam em movimentos tribais, em um ritual pagão que evocava uma conexão profunda com a natureza e seus ciclos, celebrando a vida e a morte em um rito de sacrifício. O palco havia se transformado em um cenário primitivo, onde os deuses da primavera exigiam oferendas de sangue e carne.

O público ficou perplexo. Um murmúrio crescente ecoava pela sala, alguns espectadores inclinavam-se em suas cadeiras, tentando compreender aquela performance que parecia violar todas as convenções artísticas do seu tempo, e logo o desconforto deu lugar à revolta. À medida que a música se tornava mais frenética, os ritmos selvagens e assimétricos martelavam sem trégua, até que a tensão na sala finalmente explodiu em protestos. Gritos de desaprovação começaram a ressoar, abafando parte da orquestra, eclodindo em uma cacofonia que refletia o próprio caos que se desenrolava no palco.

— Bárbaro!
— Um horror!
— Isso é uma afronta!

Parte do público, incapaz de suportar o que percebia como uma ofensa ao bom gosto, levantou-se e saiu furiosa. Outros, mais intrigados pela inovação, tentavam em vão silenciar os detratores. Houve quem aplaudisse, quem risse, e quem chorasse, mas a experiência era avassaladora para todos. Quando a peça finalmente terminou, restou um sentimento de exaustão e um silêncio pesado, como se o teatro tivesse testemunhado um cataclismo. Dificilmente aquela noite seria esquecida.

Após a tumultuada estreia, Stravinsky se recolheu para sua casa com o coração acelerado e a mente em ebulição. As reações intensas do público e da crítica o deixaram em um estado de inquietação. Ele não sabia se deveria celebrar sua ousadia ou temer que seu trabalho não fosse compreendido em seu tempo. Ao chegar em casa, tentou dormir. O corpo exausto afundou no colchão, e os olhos se fecharam com dificuldade. O travesseiro, antes confortável, agora parecia duro, e o tecido, áspero demais para a pele. O silêncio da casa amplificava o turbilhão de pensamentos, tornando a inquietação ainda mais difícil de ser suportada. Os minutos passavam arrastados, e o sono parecia se aproximar apenas para escapar de novo. As pálpebras ficaram pesadas, mas a mente insistia em despertar. Fragmentos de pensamentos surgiam e desapareciam em uma confusão caótica. Em algum momento, sem aviso, o corpo finalmente cedeu ao sono. No entanto, a escuridão que deveria trazer descanso logo se transformou em um palco de imagens distorcidas e repleto de sonhos vívidos.

Em um desses sonhos, Stravinsky caminhava por uma paisagem nebulosa, envolta em sombras, quando, de repente, se viu diante de Beethoven, sentado em um banco sob um poste, com um olhar pensativo e segurando a partitura da obra recém-estreada.

Ao notar a aproximação do autor da partitura, Beethoven, curioso para entender aquela nova música, levantou-se e se dirigiu ao jovem compositor em um tom amistoso

— Caro Stravinsky, que fantástica coincidência! Eu queria muito encontrá-lo. Que noite agitada tivemos, não é mesmo? Senti a necessidade de caminhar um pouco e, ao passar pelo Teatro, notei que era a estreia de sua obra. Não pude deixar de perceber a grande comoção que ela causou no público. O fagote... sim, o fagote! Comecemos por ele. Impressionante como soou desconcertante. E os ritmos... nunca ouvi algo assim, são quase alucinados. A percussão, então... parecia evocar um mundo primitivo. O que o inspirou a criar algo tão inovador e aparentemente disruptivo?

— Ah, maestro, é uma honra conversar sobre minha obra com alguém de sua estatura. *A Sagração da Primavera* nasceu de uma visão. Imaginei um ritual pagão da Rússia antiga, onde uma jovem seria sacrificada à terra para garantir a chegada da primavera. O poder da terra e das forças naturais em um mundo primitivo guiou cada nota. A jovem, escolhida como a "eleita", dança até a morte, sacrificando-se em um frenesi crescente, cercada pelos membros de sua tribo.

— Interessante. Então, foi essa abordagem primitiva que guiou sua música? Um ritual pagão, primitivo, combinado com uma música desconcertante... Isso certamente é capaz de chocar a plateia. Agora tudo faz mais sentido, consigo entender melhor. As dissonâncias, os ritmos irregulares — tudo soa, de certa forma, primitivo, quase brutal. Essa era sua intenção?

— Exatamente! Queria que a música fosse uma expressão crua, quase selvagem, das forças naturais. As dissonâncias refletem o caos e a energia da vida primitiva. Os ritmos irregulares... bem, são o coração dessa selvageria. Eu queria escapar do previsível, do linear, e criar algo mais visceral.

— Escapar do previsível... Entendo bem isso. No meu tempo, também fui criticado por me afastar das convenções. Na minha música, tentei ir além do tradicional. Mas confesso, *A Sagração* parece querer romper com os alicerces da harmonia e da forma clássica.

— De fato, rompo com muitas convenções harmônicas e formais. A música, para mim, precisava espelhar a desordem e a imprevisibilidade da natureza. A tonalidade, para mim, não é um fim em si mesma, mas um meio de expressar algo mais profundo.

— Certamente, há algo profundo ali. Mas a recepção foi... digamos, turbulenta, não? Ouvi um tumulto na saída do teatro, alguns pareciam descontentes e irritados. Parece que o público não esperava uma música tão intrigante e inovadora.

— É verdade. O público não estava preparado nem para a música nem para a dança. As dissonâncias e os ritmos provocaram uma reação quase física. A coreografia também foi radical, afastando-se da elegância do balé tradicional. O conjunto dos elementos foi demais para muitos espectadores. A leveza e a graça típicas do balé clássico foram substituídas por movimentos rígidos e ásperos, posturas curvadas, tudo com uma intensidade inesperada. Os movimentos eram frequentemente pesados, repetitivos e desarmoniosos, chocando o público acostumado à fluidez elegante do balé tradicional.

— Vejo que sua "Sagração" vai além da música, como se pretendesse transmitir uma mensagem subliminar: a vida jorrando em uma taça transbordante, fluindo através dos ciclos da natureza com uma energia capaz de superar o mundo racional e civilizado. Posso expressar isso dessa forma?

— Fico contente que o senhor veja assim. Procuro uma conexão mais profunda com o poder criativo da música. Às vezes, a vida é brutal, e quis que minha obra refletisse isso. No entanto, acredito que não sou o único a romper com a tradição e desafiar o público. A introdução de um coro na Nona Sinfonia foi, sem dúvida, uma inovação corajosa para a época. A inclusão da voz humana em uma obra orquestral certamente teve um impacto imenso. O que o levou a essa decisão?

— Ah, a Nona. De fato, não foi uma decisão tomada de ânimo leve. Durante muitos anos, refleti sobre como criar algo tão grandioso quanto o poema "Ode à Alegria" de Schiller. Sentia que as palavras de Schiller mereciam uma expressão além da música instrumental, e isso despertou em mim uma necessidade espiritual, um impulso incontrolável de unir a música à palavra.

— Então, se eu entendi corretamente, você buscava algo que fosse além da música pura, uma forma de expressar uma ideia mais elevada que apenas a voz humana poderia transmitir?

— Exatamente. A música pura tem um poder imenso, como sabemos, mas há momentos em que o espírito humano anseia por algo mais — uma conexão direta com o mundo das ideias. A palavra, quando combinada com a música, pode tocar a alma de uma maneira única. A ideia de fraternidade universal de Schiller — "Todos os homens se tornem irmãos" — não poderia ser plenamente expressa sem a voz humana. Eu queria que o coro fosse o veículo desse sentimento.

— Fascinante. O uso do coral parece antecipar a ideia moderna de que a arte deve ser uma forma de comunicação direta com o público.

— Sim, de certa forma, pode-se dizer que é isso. Sempre enxerguei a música como algo mais do que uma simples sequência de sons agradáveis; ela deve comunicar algo profundo. Ela sempre comunica, e com o coral, acredito ter alcançado um ponto onde as fronteiras entre razão e emoção se dissolvem, criando uma força espiritual que eleva o homem a um novo patamar. Na estreia, houve certa perplexidade por parte do público, já que, até então, uma sinfonia era exclusivamente instrumental. Muitos se perguntavam se eu havia perdido o juízo, mas, aos poucos, creio que a grandeza da mensagem e a potência do coral falaram por si. A transição da música instrumental para a vocal surpreendeu o público, mas também abriu novas portas. No final das contas, a arte verdadeira sempre encontrará seu lugar na alma humana. A música, afinal, é atemporal, como você bem sabe.

Beethoven parou por um momento, virou de costas e parecia mirar algo distante. Enquanto seu olhar vagava sem um rumo definido, o silêncio tomou conta da paisagem nebulosa ao redor dos dois compositores. Stravinsky sentiu-se estranhamente calmo, como se toda a agitação interna tivesse se dissipado. Aos poucos, uma luz começou a brilhar intensamente ao longe, e ele percebeu que tudo ao seu redor começava a desvanecer. Quis falar algo, mas sua voz não saia. E mesmo quando produzia algum som, Beethoven já não o ouvia. Raios de sol de uma manhã brilhante atravessaram a cortina da janela, caindo sobre os olhos de Stravinsky. Ele tentou protegê-los com as mãos e, despertando, levantou-se. Ao se ver de pé, sentiu seu coração mais tranquilo, certo de que sua música estava destinada a sobreviver ao caos daquela estreia tumultuada.

Aos poucos, ele começou a recordar seu sonho. Com o ânimo renovado, sentou-se em sua escrivaninha e iniciou a composição de uma nova peça para coro, quatro pianos, percussão e solistas — uma formação que prometia trazer uma nova surpresa ao mundo da música.

VIAGEM À ÍNDIA

E ra uma daquelas tardes geladas de Paris, com o vento soprando forte contra as vidraças, penetrando sorrateiramente pelos cômodos através de pequenas frestas e agitando as cortinas. A lareira acesa trazia conforto, ajudando a suportar o frio, mesmo que o ar da cidade ficasse carregado com o forte cheiro de fumaça. Voltaire, como de costume, se debruçava sobre uma pilha de livros e manuscritos. Sobre a escrivaninha ainda repousavam alguns exemplares de suas últimas leituras, *De l'esprit des Lois*, de Montesquieu e, é claro, "*De Natura Deorum*", de Cícero. Desta vez, no entanto, o foco de sua leitura eram os Vedas, textos sagrados da antiga Índia, uma civilização tão distante quanto misteriosa. Contudo, por mais que lesse e procurasse compreender a filosofia oriental, sentia-se frustrado. Suas fontes eram escassas e fragmentadas, passagens obscuras e incompletas abundavam, deixando-o cada vez mais insatisfeito.

Enquanto estava absorto naqueles textos antigos, ouviu passos apressados do lado de fora de sua residência. Um homem alto, de nariz proeminente, usando uma grossa capa que o protegia do frio, apareceu à porta, ofegante, como se tivesse corrido por toda a cidade.

— Voltaire! Voltaire! - Chamava o homem, em tom urgente - um navio parte na próxima semana de Le Havre para a Índia. Se, como me disseste, deseja mesmo aprofundar seus conhecimentos sobre a filosofia indiana e aplacar sua angústia por não ter compreendido totalmente os textos orientais, esta é sua chance. Mas precisa se apressar! Consegui uma audiência com o capitão do navio e, para persuadi-lo, mencionei que você é amigo do rei da França. Ele me assegurou que reservará uma vaga para você, mas você tem pouco tempo para arrumar suas coisas. Devemos partir o quanto antes para Le Havre a fim de chegarmos a tempo de alcançarmos o navio, que alçará velas em uma semana.

Voltaire hesitou por um momento. Viajar para uma terra distante, com tão pouco tempo para se preparar, era desconcertante. No entanto, sua curiosidade - o motor de seu espírito - começou a pulsar mais forte. Era essa a oportunidade que tanto buscava, uma chance de ver com os próprios olhos o que tantos filósofos apenas tentavam imaginar. Ademais, escapar do frio de Paris para o calor dos trópicos era uma ideia acolhedora. Então, finalmente decidiu. Um filósofo deveria ver o mundo com os próprios olhos – pensou. Partiria, mesmo sem tempo para se despedir dos amigos. Com a voz firme, chamou seu criado.

— Wagnière, meu estimado amigo, venha me ajudar a arrumar minhas malas; farei uma longa viagem à Índia. Não posso deixar para trás itens que, com certeza, serão de grande valia em uma terra tão distante.

Com mãos apressadas e ansiosas, Voltaire junto com seu criado, começou a arrumar as malas. Dentre os pertences que pretendia levar, selecionou cuidadosamente alguns volumes de sua biblioteca pessoal. Entre suas próprias obras, escolheu um exemplar cuidadosamente encadernado de *Zadig, ou la Destinée*. Acreditava que o livro poderia inspirá-lo a viver aventuras como aquelas do herói de sua história.

Junto aos livros, colocou uma caixa em madeira, na qual guardava penas, tinta e papéis finos. Sabia que, mesmo a milhares de quilômetros de distância, continuaria a escrever cartas a seus amigos, mantendo-os informados e aproveitaria para acompanhar as notícias da Europa. Em seguida, escolheu algumas peças de roupa: trajes de seda, adequados para o calor dos trópicos, elegantes e indispensáveis para manter o decoro de um homem de sua posição. Acrescentou seu chapéu exuberante, que o protegeria do forte sol da Índia e permitiria que ele se lembrasse de Paris. Juntou um relógio de bolso, para manter sempre em mente que o tempo jamais parava, nem mesmo para um grande filósofo.

O dia da viagem chegou rapidamente. Voltaire, com três malas e o coração ansioso, embarcou no navio. Acomodou-se em sua pequena cabine, organizou seus pertences e, a cada porto em que o navio atracava, descia para explorar e conhecer aquele mundo novo. A travessia prometia ser longa, e, para concluí-la, a paciência se tornaria sua companheira mais fiel. Durante toda a jornada, Voltaire observava fascinado os diferentes países que cruzavam seu caminho, as variações no clima, as mudanças dramáticas na flora e na fauna, e as inúmeras faces de pessoas com culturas e costumes distintos dos que conhecia. Cada porto, cada costa, era uma nova experiência, uma nova visão.

— Ah! Como é bom conhecer o mundo. Que felicidade poderia ser maior do que essa? Repetia o filósofo, cada vez mais empolgado com aquela viagem.

Depois de várias semanas no mar, a Índia finalmente surgiu no horizonte. Extasiado, contemplou a terra que, até então, existia apenas em sua imaginação e nos relatos fragmentados de exploradores. Ao descer do navio, sentiu-se imediatamente impactado pela grandiosidade da civilização indiana. Era uma terra antiga onde o tempo parecia ter moldado o espírito daquele povo, criando uma mistura de mistério e reverência, onde a espiritualidade e a filosofia permeavam todos os aspectos da vida.

Determinado a aprender mais, Voltaire buscou os sábios e filósofos da região. Muitos o guiaram pelos ensinamentos dos Vedas, do Bhagavad Gita e pelas profundas filosofias do Hinduísmo. No entanto, foi uma história em particular que capturou sua curiosidade. Havia uma antiga tradição, ligada ao Shakyamuni, que falava de um sábio iluminado vivendo em reclusão, em uma montanha remota cercada por uma densa floresta. Diziam que ele era a quarta encarnação do Buda.

— Se há alguém que pode lhe oferecer a compreensão profunda que busca, é ele; disseram os mestres.

Sem hesitar, Voltaire pôs-se a caminho, enfrentando trilhas estreitas, subindo montanhas e atravessando florestas densas. Quanto mais se aproximava, mais sua expectativa aumentava. A possibilidade de encontrar uma figura tão enigmática, capaz de desvendar os segredos milenares da sabedoria oriental - sem a intermediação de livros e suas tortuosas traduções - alimentava seu espírito aventureiro.

Depois de dias de viagem, a maior parte dela montado em um majestoso elefante, Voltaire finalmente chegou ao pé da montanha onde o sábio habitava. O elefante, com sua pele cinza e rugosa, caminhava com passos firmes e tranquilos, como se conhecesse o caminho por instinto ancestral. O vento soprava morno entre as árvores, e o som de mantras distantes flutuava no ar, imbuindo o ambiente com uma sensação de serenidade. Uma longa subida ainda o aguardava. Enquanto subia pela montanha, aproximou-se da beira do precipício, e seus olhos, ávidos por apreender cada detalhe, avistaram uma das cenas mais espetaculares de sua vida: o majestoso rio Ganges, serpenteando entre os vales e as rochas, brilhava sob a luz do sol, suas águas refletindo uma paleta de azuis e verdes vibrantes. O som suave da correnteza, misturado ao canto dos pássaros e ao farfalhar das folhas, produziu tal impressão em Voltaire que ele se sentiu imediatamente recompensado por ter feito aquela viagem. O rio parecia uma enorme serpente deslizando pela mata; ao longo de suas margens, árvores antigas e frondosas se erguiam, proporcionando sombra e abrigo a uma infinidade de criaturas que habitavam a região.

O momento decisivo estava próximo. Voltaire, agora longe de casa e de sua biblioteca, prestes a conhecer aquele que talvez pudesse finalmente preencher as lacunas de seu conhecimento, respirou fundo, mas seu espírito, sempre inclinado à razão e ao ceticismo, não podia deixar de questionar. Embora sentisse uma curiosidade genuína, ele não se entregaria cegamente à reverência. Ao contrário, estava pronto para confrontar o sábio com suas perguntas incisivas, buscando não só aprender, mas também testar os limites da sabedoria que lhe seria oferecida.

Ao subir os últimos degraus da montanha, Voltaire sentiu uma brisa refrescante tocar seu rosto. O silêncio ao redor contrastava com os pensamentos que agitavam sua mente:

— Será que este homem é realmente mais sábio que os filósofos ocidentais, como os indianos supõem? Ou seria ele apenas mais um ícone envolto em mitos e superstições? Questionou-se com desconfiança.

Ele sabia que a espiritualidade muitas vezes oferecia promessas sedutoras, mas sem base na razão, uma armadilha que sua mente cética não se permitia cair facilmente.

Finalmente, ao alcançar a cabana simples onde o quarto Buda meditava em profundo silêncio, Voltaire parou. Ficou por um momento contemplando o sábio venerado por tantos homens naquele distante país; seu corpo imóvel e sereno, como uma rocha tocada apenas pelo vento incessante das montanhas. O velho sábio tinha a pele marcada por rugas suaves. Sua barba branca e esparsa quase tocava o peito, e a cabeça calva brilhava sob a luz suave do entardecer. Sentado em uma postura, ereta, mas relaxada, transmitia uma quietude absoluta.

Inclinando-se lentamente, em um gesto respeitoso, Voltaire o saudou com uma voz firme, quebrando o silêncio:

— Dizem que você é o quarto Buda, portador de uma sabedoria ancestral. Muitos reverenciam teu caminho, afirmando que você alcançou a iluminação, mas poucos compreendem o que isso realmente significa. O que é, afinal, esse estado? O que vês deste ponto elevado que atingiste?

Com os olhos semicerrados, o sábio hesitou por um momento em abandonar sua meditação para responder às perguntas daquele viajante desconhecido, magro e vestido com roupas exuberantes que o faziam parecer um pavão. Sem deixar que a dúvida o perturbasse, ele refletiu que suas respostas poderiam ajudar aquele estrangeiro a alcançar a serenidade mental. Sem pressa e com uma voz calma, ele disse:

— A iluminação, não é um ponto elevado, não é um lugar distante a ser alcançado. É ver a realidade como ela realmente é, sem os véus das ilusões que nossa mente constrói. É ver a impermanência de todas as coisas e compreender que o eu, essa voz que deseja moldar o mundo, é apenas uma miragem. Quando vemos isso, a vida se torna mais clara. E a ação, então, flui naturalmente, sem esforço, sem luta.

Ele fez uma pausa, permitindo que suas palavras penetrassem na mente do viajante, como uma pedra lançada nas águas tranquilas de um lago.

Voltaire cruzou os braços, intrigado. O ceticismo estampado em seu rosto ficou ainda mais evidente quando ele franziu o cenho. Então, se a iluminação é apenas ver as coisas como são, por que tantos se referem a ela como algo quase sobrenatural, místico? Pensou consigo mesmo.

Com uma voz em um tom levemente desafiador, interpelou novamente o sábio.

— Quer dizer que tudo se resume a aceitar a

impermanência do mundo e a falta de solidez do nosso ego?

O velho sábio inclinou levemente a cabeça, como se estivesse refletindo por um breve momento antes de responder.

— O homem comum pode saber intelectualmente que tudo é passageiro - ele disse, mantendo o tom sereno - mas ele ainda se apega às coisas, às pessoas e à própria ideia de si mesmo como algo fixo e separado do todo. A vida não é um enigma a ser resolvido, mas uma jornada de despertar. Ela é marcada pelo sofrimento. A raiz desse sofrimento está no apego e na ignorância da verdadeira natureza das coisas. Ao compreender que tudo é impermanente e que o eu é uma ilusão, encontramos o caminho para o fim do sofrimento.

Voltaire, sempre perspicaz, franziu levemente o cenho. Uma parte de si parecia antecipar esse tipo de resposta, mas ainda assim, ele não se deixaria levar tão facilmente. Um leve sorriso irônico surgiu em seus lábios. Com um olhar sagaz, replicou:

— Apego e ilusão, dizes? Talvez. Mas é difícil não se envolver quando a vida está cheia de injustiças, de tiranos e opressões. O sofrimento é inevitável, sim, mas é nosso dever combatê-lo. E qual a melhor forma de fazer isso senão por meio da razão? Para nós, que vivemos no mundo, nunca abandonamos as preocupações práticas. Não basta aceitar que essas coisas são passageiras, pois elas ainda causam sofrimento real.

O Buda assentiu levemente, como se compreendesse a inquietação do viajante. Seu olhar era firme, mas sem qualquer traço de julgamento. Um breve silêncio se instalou entre os dois. Contudo, ele não deixou Voltaire sem resposta:

— Ver a realidade como ela é não nos afasta do mundo - disse com uma voz calma - pelo contrário, nos permite agir com maior sabedoria. Quando compreendemos que o sofrimento dos outros é o nosso próprio, agimos não por raiva ou desespero, mas por compaixão.

Voltaire, pensativo, fixou os olhos em um ponto distante, quase murmurando para si mesmo.

— Sempre acreditei que o desejo de mudar as coisas, de corrigir as injustiças, era o motor que devia mover os homens. Eu, por minha parte, tenho sempre me perguntado: Como pode um homem de razão encontrar paz num mundo tão absurdamente caótico?

O Buda, com o olhar penetrante, viu a luta interna de Voltaire, mas sabia que esse tipo de batalha mental era necessária. Seu rosto permanecia calmo, como se a agitação do mundo ao redor não tivesse poder sobre ele. Com o rosto sereno, ele inclinou levemente a cabeça e seus olhos finalmente se abriram com suavidade:

— Compreendo tua inquietação. A ação é importante, mas sem sabedoria, ela só perpetua o ciclo de sofrimento. O despertar para a verdadeira realidade não é fugir ou negar o mundo, mas vê-lo como realmente é. Tu dizes que queres melhorar a condição humana, mas o verdadeiro bem não vem da imposição de ideias ou por meio de lutas intermináveis. Vem do desapego, do amor por todos os seres. Quando nos libertamos da ilusão de controle e aceitamos a interconexão de tudo, encontramos a paz.

Voltaire não pôde evitar franzir ainda mais o cenho. Havia algo intrigante nas palavras do Buda, mas ao mesmo tempo, ele sentia uma certa resistência a essa ideia de "aceitação". Seus punhos se cerraram levemente, em um gesto quase involuntário.

— Paz, sim... a paz é um objetivo nobre, mas não a paz do conformismo. Eu vivi para combater a tirania e a intolerância. A razão é minha arma. Somos criaturas de pensamento, e através da razão podemos moldar o mundo. Para mim, a verdadeira liberdade vem da crítica, do questionamento das verdades absolutas, especialmente das ideias e dogmas que aprisionam as mentes.

Havia um fogo nos olhos de Voltaire, algo que revelava sua paixão por transformar o mundo ao seu redor. O Buda, por sua vez, manteve sua expressão serena, como se a intensidade das palavras do filósofo não fosse um desafio, mas uma oportunidade de troca.

— A razão, como todas as coisas, tem seu lugar. Mas o intelecto sozinho não pode dissolver o sofrimento, pois ele também pode se tornar uma prisão. A mente que questiona incessantemente pode se perder em um ciclo de dúvidas. O verdadeiro despertar vem não apenas de pensar, mas de silenciar a mente e observar a realidade sem julgamentos. Quando a mente se aquieta, o entendimento surge naturalmente, e o sofrimento cessa.

Voltaire mergulhou em um momento de reflexão, questionando-se. Será que o silêncio da mente é tão poderoso quanto a força da razão? Duvidou. Pensativo, mas ainda resistente, prosseguiu:

— Ah, mas essa quietude da mente que buscas...

Não será ela uma forma de resignação? Não seria como os cristãos que se conformam ao sofrimento, esperando uma recompensa além? Eu prefiro o barulho da mente ativa, da razão questionando, destruindo ilusões, ainda que isso traga desconforto.

O Buda, observando uma firme paixão nas palavras de Voltaire, deixou que aquelas palavras ecoassem pela montanha. Continuou em uma paz profunda, como se já tivesse encontrado esse tipo de resistência muitas vezes.

— Aquietar a mente não é resignar-se. É ver o mundo como ele realmente é, sem deixar que a mente seja moldada por temores ou desejos. Não buscamos uma recompensa em uma vida futura. Aqui, agora, podemos libertar-nos do sofrimento, aceitando a impermanência e a vacuidade do eu. Mas cada caminho é único, e o teu também leva a algo valioso — o esforço de libertar os outros do erro é um ato de compaixão.

Voltaire sentiu uma ligeira mudança em si. Não que estivesse convencido, mas havia algo de admirável na serenidade do Buda. Com uma expressão mais leve, ele assentiu, com um toque de respeito.

— Admito que tens algo de verdade em tuas palavras. Mesmo assim, sou um homem do mundo, e o mundo é absurdamente imperfeito. Talvez eu precise, como dizes, aceitar um pouco mais essa impermanência. Mas jamais deixarei de lutar contra a estupidez humana, seja ela de que natureza for.

Buda notou a intensidade no olhar do filósofo. Após uma respiração profunda, decidiu questionar os fundamentos que guiavam aquele viajante, testando até onde suas certezas poderiam levá-lo.

— Dizes que a razão é tua arma e que através dela podemos moldar o mundo, combater a tirania e melhorar a condição humana. Mas, não seria a própria razão limitada?

Voltaire levantou uma sobrancelha, surpreso pela provocação. O leve brilho de seus olhos agora se misturava com uma pitada de desconfiança.

— Ah, sem dúvida, a razão tem seus limites. A razão não nos traz perfeição, mas nos liberta da ignorância e da superstição, que são as maiores correntes da mente humana. A razão pode ser falha, mas ela é o melhor guia que temos para navegar o caos do mundo. Sem ela, estaríamos perdidos em dogmas. Tu mesmo disseste que o sofrimento nasce da ignorância, e é a razão que nos afasta dessa escuridão.

Buda, sereno, inclinou a cabeça, observando Voltaire com um misto de curiosidade e simpatia.

— A ignorância, sim, é a fonte do sofrimento. Mas a ignorância não é apenas falta de conhecimento. É a cegueira em relação à verdadeira natureza da existência. O intelecto pode nos dar respostas práticas, mas não pode transcender o ciclo do sofrimento se for guiado pelo ego. Com os jogos do intelecto, muitas vezes apenas trocamos uma ilusão por outra. Como, então, podes confiar plenamente em uma ferramenta que, como tu mesmo disseste, é imperfeita e pode perpetuar ilusões?

Voltaire refletiu, buscando uma resposta que fosse justa. Sua expressão permanecia firme.

— Reconheço que a razão não é uma ferramenta infalível, mas é a única que temos para questionar as ilusões. O próprio ato de duvidar nos torna mais livres.

O homem que questiona, que investiga, que se opõe ao dogma, tem uma chance maior de viver melhor do que aquele que aceita cegamente o que lhe é imposto.

Buda, mantendo a leveza na voz, observou Voltaire com um olhar gentil.

— Tu valorizas o questionamento e a dúvida, mas essas também podem ser formas de prisão. A dúvida incessante, como a busca por respostas no mundo exterior, pode ser outra forma de apego. Tu buscas a liberdade através da crítica ao mundo, mas a verdadeira libertação está em ver que o próprio eu que questiona é uma ilusão.

Voltaire, intrigado, sorriu, sua expressão misturando surpresa e desafio.

— Ah, tu me levas ao paradoxo! Sim, a dúvida pode ser exaustiva, admito. Mas a alternativa seria a resignação. Se aceitamos que o eu é uma ilusão e que nada podemos controlar, não caímos no mesmo erro das religiões dogmáticas que dizem que o homem não tem poder, que deve apenas aceitar? Não seria isso uma forma sutil de escravidão?

Buda, sem pressa, respondeu, em um tom ponderado.

— Não proponho renunciar à ação. Desapego não é inatividade, mas ação sem apego ao resultado. Tu vês a vida como uma batalha a ser travada — contra a tirania, contra a ignorância, contra a opressão. Mas enquanto acreditares que tu és um 'eu' separado do mundo, lutarás eternamente contra fantasmas.

— Então, dizes que eu deveria lutar sem me

importar com o resultado? Como posso combater a opressão se não me importo em vencê-la?

— O caminho não é de renunciar à vitória, mas de renunciar ao apego à vitória. A ação justa é aquela feita por amor à verdade e ao bem, mas sem o desejo de controle. Quando agimos apenas para vencer, alimentamos o ego e a separação, perpetuamos o sofrimento. Mas quando agimos com clareza, sem nos prendermos ao resultado, ficamos em paz, independentemente do desfecho.

Voltaire ficou em silêncio, ponderando. Recostou-se ligeiramente, com uma expressão perspicaz e querendo ver até onde iria a sabedoria do Buda, questionou:

— Falas sobre o eu como uma miragem, uma ilusão. Para um homem da razão como eu, isso soa enigmático. Se este 'eu' é uma ilusão, o que somos, afinal? Se não há um eu, quem pensa, quem sente, quem age? E por que, exatamente, é tão importante aquietar a mente? Não seria essa quietude uma fuga da realidade, uma forma de nos distanciarmos de nossas responsabilidades?

Buda, com um olhar calmo, escutou atentamente, como se cada palavra fosse uma folha caindo de uma árvore com a chegada do outono.

— O que chamas de eu é um conjunto de pensamentos, emoções, sensações e memórias que se acumulam e formam uma identidade. No entanto, esse eu é impermanente. Se observares com atenção, perceberás que o eu muda constantemente — o que pensavas e sentias ontem não é o que pensas e sentes hoje.

Voltaire franziu a testa, intrigado, mas ainda resistente.

— Mas esse fluxo, ainda precisa de um sujeito, não? Alguém ou algo que observe essas mudanças. Sem um sujeito, quem é que toma decisões, quem sente prazer ou dor, quem busca o conhecimento? Ele cruzou os braços, como se tentasse se proteger da resposta que antecipava.

Buda respondeu, sua voz fluindo como o próprio Ganges deslizando aos pés da montanha.

— A mente, na sua busca por compreensão, sempre busca um ponto fixo, um centro. No entanto, o que chamas de 'sujeito' é também uma parte do fluxo. As decisões, as emoções, a consciência de si mesmo — tudo isso são fenômenos em movimento. O que percebes como um eu não possui um centro fixo, é parte de um fluxo, como se vários pequenos riachos se encontrassem para formar um rio.

Voltaire, pensativo, mas desafiador, balançou a cabeça levemente.

— Essa ideia de que o eu não é algo fixo é, admito, algo instigante. Mas ainda assim, me parece que a mente ativa, mesmo que impermanente, é necessária para nossa ação no mundo. Se nos desprendermos desse eu, se não nos reconhecermos nele, o que restará? Não cairíamos em um vazio?

Buda, que já antevia a pergunta, respondeu:

— Não, não é um vazio no sentido que pensas. É um vazio de ilusões. Quando nos desapegamos da ideia de um eu separado e permanente, o que resta é a mente clara, livre de desejos e medos que nascem do apego ao ego. Não é vazio, pois ainda há ação, mas agora ela surge naturalmente, sem o peso da ilusão de que há um eu que precisa ser protegido ou exaltado.

Ele fez uma pausa, permitindo que Voltaire absorvesse aquela ideia.

— Então, qual seria o papel dessa paz mental? A vida é cheia de desafios, de injustiças. Eu sempre acreditei que a mente precisa ser ativa, inquieta, para se adaptar, para encontrar soluções. Como pode a quietude ser a resposta em um mundo que exige tanto de nós?

— A inquietação da mente é uma resposta ao desejo, ao medo, à busca constante de algo externo para completar o que acreditamos faltar em nós. Essa agitação te leva a buscar mais conhecimento, mais poder, mais segurança, mas nunca te dá uma paz verdadeira. A mente ativa pode resolver problemas momentâneos, sim, mas ela perpetua o ciclo de sofrimento ao nunca estar satisfeita. Ao encontrar a paz interior, não significa que paramos de agir, mas que agimos a partir de um lugar de clareza, sem o desejo de ganho pessoal ou medo da perda. Quando a mente está em paz, as ações se tornam mais eficazes e mais gentis.

Olhando profundamente para Buda, Voltaire adotou um tom de voz mais conciliador:

— A paz interior que falas me soa como uma meta admirável, mas distante. Admito que a inquietação tem seus custos. Talvez eu tenha subestimado o valor da quietude. Ainda assim, não consigo deixar de me perguntar: em um mundo tão injusto, como podemos, com a mente em paz, evitar a passividade? Não há momentos em que a indignação, a revolta, são necessárias para mudar o que está errado?"

— A ação justa pode surgir da mente em paz. A paz não é passividade. Quando a mente está em equilíbrio, não estamos presos ao medo ou à raiva. Podemos agir com clareza, sem sermos consumidos pela indignação. A indignação, quando não controlada, leva à raiva, e a raiva obscurece a mente. A paz interior não impede a ação, mas permite que ela seja mais sábia e eficaz, pois não é impulsionada pelo desejo de destruir, mas pelo desejo de aliviar o sofrimento.

Voltaire com uma expressão mista de ceticismo e respeito, replicou:

— Talvez tua visão de paz seja mais ativa do que eu imaginei. Acredito na razão, na dúvida, e ainda vejo nelas um caminho, mas tu me fizeste pensar que talvez a paz, que sempre desprezei como resignação, possa ser, de fato, uma força. Não para recuar, mas para avançar com mais clareza.

— A razão é capaz de nos levar longe, mas é uma estrada que tem um final. A paz não é o fim do caminho, mas um estado onde o caminho se torna mais claro. A razão pode ser uma lâmpada que ilumina o caminho, revelando o que antes estava oculto. A sabedoria do despertar não está em rejeitar a razão, mas em ir além dela quando o tempo chega. A razão leva-nos até certo ponto, mas há um momento em que ela deve ser transcendida pela intuição profunda da realidade. No entanto, reconheço, sem a base da razão, é fácil cair no dogma e na superstição.

Voltaire, tirando o seu chapéu e inclinando a cabeça levemente em respeito, saudou o sábio:

— Eu partirei daqui ainda com perguntas, claro, como é de minha natureza. Mas encontrei também respostas, muitas que não esperava encontrar.

Voltaire se despediu do sábio e de volta à estrada, foi acompanhado pelo som dos pássaros e pelo murmúrio incessante do som das águas do rio. Ao chegar à costa, o mar reluzente possuía um brilho dourado, e ele embarcou de volta para a França, acreditando conhecer um pouco mais da sabedoria milenar da Índia.

No convés do navio, ele contemplava o horizonte sentindo uma alegria simples de quem conheceu um pouco mais do imenso mundo que o cercava. A viagem de volta pareceu transcorrer mais rapidamente do que a viagem de ida. Ao avistar as costas da França, um sorriso amplo escapou-lhe dos lábios.

— Ah, é fantástico partir e ver o mundo, mas voltar para casa torna a viagem ainda mais recompensadora, ainda mais quando a sua casa está em Paris.

Ao saber do retorno do filósofo à cidade de Luz, todos queriam ouvir suas aventuras nos salões da cidade.

Logo que retornou, Voltaire sentiu necessidade de dançar, mesmo sem saber se ainda se recordava dos passos de dança. De mãos dadas com seu par, ele se entregou à dança; seus movimentos, no início desencontrados, logo seguiram um ritmo natural. À medida que girava pelo salão, o som da música e o movimento fluido de seu corpo se uniram em perfeita harmonia.

Quando a música cessou e ele parou de dançar, Voltaire saiu do salão, sentou-se em um banco e ficou contemplando o brilho das estrelas, em silêncio, com o coração tranquilo. Seus pensamentos, sempre tão acelerados, começaram a ceder, até que, por breves momentos, silenciaram, e sua mente se aquietou. Não havia mais filosofias complexas, debates internos ou perguntas incessantes. Pela primeira vez, Voltaire sentiu aquela quietude de que o Buda falara. Era uma paz serena e profunda, como o silêncio de uma flecha após atingir o alvo.

— Então, é isso! — murmurou para si, relembrando as palavras do Buda. Sua mente estava em silêncio, e ele via tudo com ainda mais clareza.

DE VOLTA À AVENTURA

D om Quixote de La Mancha, o célebre Cavaleiro da Triste Figura, despertou de um longo e profundo sono. A névoa que o envolvia finalmente se dissipou, revelando um mundo que por pouco não o esquecera com o passar do tempo. Os leitores modernos, sem saber, foram levados a acreditar que as aventuras de Dom Quixote haviam se encerrado com a notícia de sua morte, registrada no final do livro que narra suas aventuras. Porém, essa crença, tragicamente equivocada, foi fruto de uma alteração inaceitável por parte do tipógrafo, um erro que dificilmente podemos considerar como involuntário. Ao reproduzir a última página, ele distorceu o desfecho da narrativa, mudando o destino do nobre cavaleiro. Talvez quisesse dar um ar mais dramático à história, acreditando poder suplantar a sagacidade de Cervantes. O autor, por sua vez, nada pôde fazer; o livro estava pronto, os credores batiam à porta, e ele julgou que era tarde demais para corrigir o erro fatal.

O sono ao qual Dom Quixote se entregara era tão profundo que muitos chegaram a acreditar que ele estava realmente morto, mas a verdade é que aquele estado era apenas uma trégua ao cansaço do corpo e da mente. Os amigos íntimos, aqueles que ainda não o tinham abandonado, reuniram-se acreditando que seu destino de cavaleiro havia chegado ao fim. Preparavam-se para o luto, crendo que o grande herói sucumbira ao seu último inimigo: o tempo. Entretanto, Dom Quixote não estava morto, mas preso em um sono incomensuravelmente longo, mais profundo que o normal, um sono que parecia arrancá-lo deste mundo, sem, no entanto, entregá-lo ao outro. Esse repouso prolongado o afastou de suas gloriosas aventuras, mas preservou-o para a posteridade.

Passaram-se anos, e enquanto o mundo seguia adiante, Quixote permanecia imóvel, seu espírito cavalgando em sonhos através de terras tão irreais quanto os gigantes que um dia enfrentou. Até que, finalmente, ele despertou.

Abrindo os olhos com dificuldade, aturdido pela luz que inundava seu quarto, levou algum tempo para reconhecer seu lar, sua biblioteca e suas armas. Seus músculos, rígidos pela longa inatividade, protestaram enquanto ele se erguia lentamente. Tocou em alguns dos livros, mas não os abriu. Seus pensamentos, ainda confusos e fragmentados, pareciam vagar entre o sonho e a realidade. O toque familiar da armadura, um pouco enferrujada pelo tempo, trouxe-lhe conforto. Aos poucos, as lembranças de seus gloriosos dias de cavaleiro andante voltaram à sua mente – as batalhas travadas, a busca incansável pela justiça, a defesa dos oprimidos e, acima de tudo, a imagem de sua adorada Dulcineia.

Ao se levantar, Quixote olhou para seus braços descarnados e, no espelho, viu um rosto magro e envelhecido. Sentiu uma fraqueza nas pernas e um vazio no estômago, que roncava de fome. Lembrou-se, então, de que, se quisesse comer, precisaria ir ao mercado para abastecer a cozinha. Sua sobrinha, que costumava cuidar dele, havia se casado há muito tempo com um jovem e partira para terras distantes.

Antes de sair de casa, pegou sua armadura, sua lança e sua espada. A princípio, tudo que via ao seu redor parecia uma miragem. No entanto, à medida que sua visão se ajustava, percebeu que não estava mais nos campos ensolarados de La Mancha, aqueles vastos horizontes que conhecia tão bem. O que outrora eram montanhas distantes e celeiros familiares agora haviam sido substituídos por edificações estranhas e reluzentes.

Desde que adormeceu em seu profundo sono, o tempo fluiu de forma tão rápida que ele não teve como percebê-lo. Agora, a humanidade vivia na era da velocidade. Edifícios altíssimos, reluzentes e espelhados, substituíram os velhos castelos. Carruagens metálicas, sem cavalos, percorriam estradas negras como tinta, deixando um rastro de ruídos e luzes. O mundo lhe parecia irreconhecível, transformado em algo terrivelmente estranho.

Ele encarou o novo mundo com olhos arregalados e o coração pulsando com desconfiança. Sem entender por completo o mundo ao seu redor, Quixote começou a questionar se não havia sido vítima de algum feitiço maligno que o aprisionou no tempo, enquanto tudo ao redor mudava tão drasticamente. Com a mente ainda imersa em suas antigas aventuras, ele sentiu o ímpeto de reencontrar sua honra e glória. O cavaleiro destemido sabia que o mundo podia ter mudado, mas sua missão não. Mesmo em uma era de aço, vidro e velocidade, ele ainda era Dom Quixote de La Mancha, o Cavaleiro da Triste Figura.

Caminhando desconfiado, ele atravessou ruelas, cruzou esquinas, até chegar a uma imensa praça, que parecia ser o centro da cidade. Em pé, no centro da praça, ele começou a observar mais atentamente o comportamento das pessoas ao seu redor. Pareciam andar sem rumo, como se estivessem sob um encantamento. A cada passo, os gestos e ações que testemunhava lhe pareciam mais inexplicáveis.

Ele viu vários homens caminhando, com o olhar fixo em uma pequena caixa brilhante nas mãos, deslizando o dedo sobre ela com extrema concentração, como se estivessem consultando um oráculo ou algum tipo de objeto mágico. Eles não desviavam os olhos da caixa nem mesmo quando quase colidiam com outras pessoas. Quixote coçou o queixo, incrédulo.

— Eu estive em um longo sono e acordei, mas estariam eles acordados ou ainda dormem? Certamente, estão enfeitiçados! Os bruxos devem ter inventado uma nova forma de escravizar as mentes e os corpos destes pobres homens!

Logo em seguida, ele avistou um grupo de jovens com fios pendurados nos ouvidos, balançando as cabeças e gesticulando com os braços, como se estivessem possuídos por alguma música invisível que só eles podiam ouvir. Estão enfeitiçados, pensa, imaginando que talvez seres maléficos tenham encontrado uma nova maneira de controlar os corpos e mentes daqueles rapazes.

Ao virar uma esquina, deparou-se com uma jovem apontando a caixa brilhante para si e assumindo diferentes poses, com expressões que mudavam rapidamente de sorriso a seriedade, como se estivesse envolta em algum ritual de auto encantamento. Dom Quixote fica intrigado, sem entender o propósito de tal comportamento.

— Ela deve estar diante de algum espelho mágico que a convence a se contorcer, como se cada expressão pudesse torná-la mais bela que suas amigas! A vaidade sempre foi uma armadilha traiçoeira, e agora, parece que os bruxos haviam encontrado uma forma de aprisionar as mentes das inocentes damas com essas ilusões brilhantes.

Em seguida, observa um homem sentado num banco falando sozinho em voz alta, gesticulando como se estivesse em plena discussão. O Cavaleiro da Triste Figura pensa que o homem deve estar perturbado, possivelmente amaldiçoado por algum inimigo invisível, mas ao aproximar-se, percebe um pequeno objeto preso à orelha do homem, do qual emana uma voz distante.

—Uma nova forma de ventriloquismo, sem dúvida. Certamente, quem os controla consegue falar através de artefatos invisíveis, sem a necessidade de bonecos. O pobre homem deve estar sob o controle de alguém que o manipula à distância!

Dom Quixote parou por um momento, tentando organizar seus pensamentos. À sua volta, pessoas corriam em círculos, sem motivo aparente, como se fugissem de um inimigo invisível, mas sem nunca tentar escapar de fato.

— Certamente, esses pobres infelizes foram forçados a correr sem destino, presos a um ciclo interminável. Alguma poção vil deve ter sido misturada em suas bebidas, da mesma forma que fizeram comigo, colocando-me a dormir como uma pedra.

Ele respirou fundo, apertando o cabo da espada com firmeza, mas hesitou em avançar. O espírito de cavaleiro andante que habitava em seu peito começava a se agitar, como se uma chama fosse acesa novamente. Não sabia quem estava por trás daquele estranho efeito nem como ele era causado nas pessoas, mas estava decidido a libertá-los, de uma maneira ou de outra.

Ao longe ele via fumaça subindo de chaminés distantes, mas não enxergava fogueiras visíveis que pudessem indicar a presença de fogo. Dom Quixote tentou conter sua inquietação, mas quanto mais observava, mais o estranhamento à sua volta parecia confirmar sua crença de que estava em um mundo enfeitiçado.

Foi então que, ao dobrar uma rua, Dom Quixote parou bruscamente, boquiaberto com a cena que se desenrolava diante de seus olhos. Vários grupos de pessoas estavam sentadas ao redor de mesas, cada uma com sua própria caixa brilhante, sem falar umas com as outras. Não havia risos, a gesticulação se limitava a mover os dedos sobre as caixas, os olhos fixos como se estivessem em transe.

— Esses infelizes foram silenciados por algum feitiço que os aprisiona nessas caixas mágicas, impedindo-os de trocarem palavras e pensamentos. Estão todos mergulhados na escuridão, como vítimas de uma praga invisível. Como o mundo decaiu desde que adormeci! — Exclamou Dom Quixote, sentindo uma onda de indignação.

Sua respiração ficou pesada e, em meio a um turbilhão de pensamentos, quase colidiu com uma carruagem metálica que passou velozmente à sua frente. Assustado, deu um salto para trás, enquanto a máquina de ferro e vidro disparava pela rua, emitindo um ronco ensurdecedor que mais parecia o rugido de um dragão.

— Que tipo de feitiçaria é essa? — murmurou, perplexo. — Corredores sem destino ... Fumaça sem fogo... Carruagens sem cavalos... Este mundo está mergulhado em encantamentos, uma verdadeira praga se instalou aqui!

Seus olhos arregalaram-se de espanto. Como poderia aquela monstruosa máquina de ferro e vidro se mover com tanta velocidade, sem que houvesse cavalos para puxá-la? Ele, que sempre confiou na bravura e nobreza dos cavalos, ficou atônito diante daquela força invisível que parecia animar a carruagem, as rodas girando em uma velocidade.

— Como podem essas carruagens se mover sem cavalos? Por que não ouço o som dos cascos no chão, nem vejo os animais suados pela corrida? Suas rodas giram rápidas e traiçoeiras, como se fugissem de minha presença!

Dom Quixote teve a clara sensação de que enfrentava uma ameaça invisível. O poder que animava aquelas máquinas parecia mais forte que o braço de qualquer gigante que já enfrentara. Sua mente fervilhava com teorias. Para ele, não havia dúvida de que essas carruagens metálicas sem cavalos eram armas com algum desígnio secreto, engenhos maliciosos criados por algum cavaleiro traiçoeiro. Talvez estivessem ali para intimidá-lo, para testar sua coragem, mas Dom Quixote sabia que nada daquilo seria suficiente para desviá-lo de seu caminho.

Ele ergueu o rosto para o céu, como fazia tantas vezes antes de enfrentar um novo desafio. A cada passo, a convicção de que havia retornado para lutar contra esse novo tipo de feitiçaria se tornava mais forte. Ele sabia que o caminho à frente seria árduo. Determinado a enfrentar quaisquer perigos, Dom Quixote endireitou sua postura e preparou-se para a batalha contra as forças invisíveis que controlavam aquele novo e estranho mundo.

Ele se lembrou de sua montaria, o valoroso Rocinante, e de quando partiram juntos em busca de aventuras e glórias. Onde estaria o seu fiel escudeiro Sancho Pança? Ainda estaria disposto a acompanhá-lo em suas aventuras? Nesse momento, uma onda de nostalgia o invadiu, fazendo-o se recordar de suas promessas de luta por justiça e proteção dos oprimidos. Olhou ao redor, admirando as paisagens modernas, que contrastavam de forma tão dramática com as vastas planícies e castelos que ele conheceu. Ele sentiu seu coração se acelerar e a determinação voltou a arder em seu espírito.

Decidido a reviver suas aventuras, Dom Quixote caminhou até uma estrada onde dezenas de carruagens metálicas movidas por forças misteriosas seguiam em alta velocidade. Uma delas quase passa por cima do cavaleiro andante quando ele tentava atravessar aquele perigoso caminho. Furioso, ele pega sua lança e, com um grito de coragem, corre em direção a uma delas, acreditando que era seu dever desafiá-la e derrotá-la. O motorista, atônito, tenta frear, e por um milagre consegue desviar o carro rapidamente. Com o rosto fora da janela, lança-lhe alguns impropérios:

— Seu maluco, quer morrer?

Dom Quixote, vendo o veículo se distanciar, põe-se de joelhos, indignado com a fuga covarde que acaba de presenciar.

Em busca de uma nova aventura, ele decide seguir adiante. Ao entrar em uma estrada vicinal, avista ao longe uma imponente estrutura que se erguia contra o céu azul, semelhante a uma torre mágica. Era uma torre de antena de celular, alta e esbelta, cujas hastes metálicas se estendiam como o corpo de um gigante. Seus feixes brilhantes, que refletiam a luz do sol, pareciam lanças afiadas. Ao se aproximar, o cavaleiro andante viu a torre balançar levemente com a brisa, como se estivesse viva, desafiando-o a um duelo. Dom Quixote sentiu sua coragem reviver. Imediatamente, ele ergueu sua lança e empunhou sua espada, determinado a lutar.

— Devem ser eles os magos que enfeitiçaram o mundo. Se derrotá-los, conseguirei romper este feitiço! Hoje, não serei derrotado! Grita, segurando sua espada com determinação.

Com coragem renovada, Dom Quixote avança

contra uma das torres, convencido de que está prestes a vencer um antigo inimigo. Ele a ataca bravamente, tentando derrubá-la com golpes de espada. No entanto, os ventos fortes e o brilho do aço fazem com que ele tropece e caia seguidamente no chão e fique coberto de poeira, folhas e galhos.

Ele se levantou devagar, os olhos fixos na imponente torre à sua frente. A estrutura, inabalável e indiferente aos golpes, balançava suavemente ao vento, como se zombasse de seus esforços. Sua mão esquerda, que segurava o cabo da lança, tremeu por um instante, mas sua determinação permanecia intacta. Lembrou-se de todas as vezes em que enfrentou inimigos terríveis – gigantes disfarçados de moinhos, magos traiçoeiros e inimigos que apenas ele conseguia ver com clareza. Esse, acreditava, era apenas mais um desafio em sua longa e honrosa jornada. Inspirado por essas lembranças, virou-se para a torre, respirou fundo e se preparou para mais um ataque.

— Ah, vilão traiçoeiro! Tu pensas que podes me abalar, mas te enganas! Não é o primeiro gigante que enfrento, nem será o último! — bradou Dom Quixote, erguendo a lança para o céu.

Desta vez, avançou com um grito ainda mais feroz. Seus pés moviam-se com dificuldade sobre o solo irregular, mas seu coração, ardente com a chama do heroísmo, não hesitava. Ele acreditava plenamente que, ao derrubar aquela torre, libertaria o mundo moderno do terrível feitiço ao qual estava enredado.

Decidido a tentar uma nova estratégia, Dom Quixote olhou novamente para a torre, seus olhos ainda cheios de determinação, mas percebeu que talvez fosse hora de usar a astúcia em vez da força bruta. Se aquele gigante era invulnerável aos golpes de sua espada, haveria outra maneira de derrotá-lo.

— Ah, gigante astuto, tu me testas com tua força, mas veremos como lidas com minha engenhosidade! — exclamou, enquanto observava a base da torre.

O cavaleiro andante começou a circular a estrutura, observando seus arredores, procurando algum ponto vulnerável, uma fraqueza que pudesse ser explorada. Mas, por mais que olhasse, tudo parecia sólido e inexpugnável. O gigante, mais uma vez, permanecia indiferente às suas tentativas. Mesmo assim, Dom Quixote não se desanimava.

— Todo gigante tem seu ponto fraco — murmurou ele, obstinado. — E o meu dever é encontrá-lo, por mais que isso me custe!

Enquanto refletia, uma sombra se aproximou lentamente. Dom Quixote levantou a cabeça e viu um homem com roupas simples, segurando algo estranho na mão. O homem, confuso ao ver um cavaleiro vestido de armadura, de pé diante da torre, parou e sorriu.

— O que fazes aqui, bom homem? — perguntou o estranho.

— Eu luto, nobre senhor! Luto contra este terrível gigante que mantém o mundo sob feitiço! — respondeu Dom Quixote, com uma confiança inabalável.

O homem olhou para a torre e depois para o cavaleiro.

— Um gigante? — perguntou, com a intenção de confirmar aquilo que acabava de ouvir.

— Sim! Este monstro metálico de pescoço comprido é responsável pelo encantamento que enfeitiçou todos os homens e mulheres desta terra! E eu, Dom Quixote de La Mancha, estou aqui para derrotá-lo!

O homem coçou a cabeça, sem saber o que dizer. Depois de uma breve pausa, ele sorriu novamente e respondeu com um tom brincalhão:

— Bem, eu também sempre suspeitei que é ele o responsável por manter os homens enfeitiçados. Boa sorte, então, cavaleiro. Mas sugiro que escolha outra arma. Não sei se uma lança e uma espada serão suficientes para derrotar esse "gigante". Ele é bem mais poderoso do que podemos supor.

Dom Quixote o encarou por um instante, refletindo sobre as palavras do estranho. Talvez ele estivesse certo. Talvez fosse hora de mudar de tática, de reconsiderar seus métodos. Mas uma coisa era certa: ele não desistiria. Dom Quixote continuou sua luta contra o gigante de ferro com as poucas armas que dispunha, alternando golpes de espada e investidas de sua poderosa lança.

Passantes, munidos de celulares e câmeras, começam a filmar o espetáculo, rindo da cena inusitada. Alguns tentaram se aproximar, oferecendo ajuda, mas Dom Quixote, acreditando que eram escudeiros de outros cavaleiros, os afastou, determinado a enfrentar o gigante sozinho.

Depois de uma longa luta, Dom Quixote, exausto e ofegante, se vira para o gigante de metal, imóvel em sua própria grandeza, e declara, com voz firme:

— Voltarei amanhã, monstro de ferro, e espero

que não fujas! Hoje, tenho um compromisso inadiável, minha amada Dulcineia me espera!

Movido pela adoração à sua honrosa dama, ele se dirige caminhando decidido à cidade mais próxima. Ao chegar, nota que ela se encontra repleta de turistas que lotam as ruas. Ao avistarem o cavaleiro em sua armadura, logo concluem que se trata de um artista de rua, um personagem em sua fantasia. A altivez com que Dom quixote caminha, as mãos firmes segurando sua lança, fazem com que os turistas vejam uma forte semelhança com o famoso Cavaleiro da Triste Figura. Com celulares em mãos, começam a acompanhar Dom Quixote, tirando fotos e filmando seus movimentos. Os flashes, que cortam o ar como se fossem lâminas de luz, fazem-no acreditar que está sob ataque. Para ele, cada clarão não é um simples lampejo, mas golpes de espada de um exército invisível.

— Que estranhas armas são essas? — pensa Dom Quixote, confuso, enquanto as luzes vindas das câmeras o cegavam momentaneamente.

O brilho repetido e incessante é como o cerco de inimigos poderosos, armados com feitiçaria. Atordoado, seus sentidos alertam para uma batalha iminente. Seu coração acelera, e ele se sente cercado por forças hostis.

— Malditos feiticeiros! — sussurra para si mesmo, apertando o punho ao redor da espada. — Cuidado, não temo gigantes nem me rendo diante de armas forjadas por feitiço! — gritou, sua voz ecoando no meio da multidão, enquanto brandia sua espada contra o ar, como se repelisse um ataque invisível.

Ele não se deixa intimidar, mesmo sabendo que

aquelas armas luminosas que os estranhos ao seu redor empunham parecem capazes de derrubar mesmo o mais bravo dos cavaleiros. O aço de sua lâmina, embora um pouco gasto, brilha com o vigor de sua determinação.

— Vinde, meus valentes adversários, e sintam o peso da minha justiça!

Para ele que nunca havia se esquivado de uma batalha, sua honra estava em jogo. Os turistas, pensando que se tratava de uma performance artística, encantados com o espetáculo, riem e aplaudem. Cada movimento de Dom Quixote é recebido com mais flashes de câmeras e smartphones, que transformavam sua épica luta imaginária em uma exibição para as redes sociais.

Em meio à algazarra, uma jovem influenciadora, ao avistar o nobre cavaleiro em sua armadura, como se tivesse saído direto do mundo medieval, percebe, com olhos afiados para viralizar, que aquele é o momento perfeito para capturar a atenção do público. Com um sorriso calculado e um toque de teatralidade, ela se aproxima de Dom Quixote, encarnando o papel da donzela de seus sonhos: Dulcineia.

— Oh, nobre Dom Quixote! Ela exclama, com uma voz exageradamente melódica, estendendo os braços como se implorasse por resgate. — Que alívio o encontrar! Estou há tanto tempo à tua espera, valente cavaleiro. Deixe-me sentir teu braço forte e tua nobreza de cavaleiro que não teme o perigo. Leve- me contigo, antes que os feitiços deste mundo me consumam!

Quando Dom Quixote finalmente se viu diante de Dulcineia, uma avalanche de emoções o atingiu. O cavaleiro errante, que tanto tempo havia passado em seu longo sono, sem perceber a passagem dos anos, agora via diante de si a mulher por quem havia lutado e sonhado. O primeiro impacto foi de puro êxtase.

Contudo, à medida que o delírio de uma adoração cega diminuía, uma sutil desconfiança começou a se insinuar em seu coração. Ele, que tanto idealizara aquela figura em sua mente, esperava que seu olhar trouxesse um brilho inconfundível, um brilho que fosse capaz de criar uma sintonia com suas memórias mais íntimas. Mas a jovem à sua frente, embora encantadora, tinha algo de evasivo no olhar.

Será que estou sonhando novamente? Pensou Dom Quixote, com o coração apertado pela incerteza. Ele lutava para acreditar com todas as forças que ainda restavam em sua alma de cavaleiro, mas as pequenas imperfeições que ele notava em Dulcineia — o olhar sem a ingenuidade de outrora, como o de alguém que já desvelara o mundo — faziam-no sentir uma inquietação crescente. E se fosse outra? Uma criação de sua mente ou, pior, um truque do destino para desviá-lo de sua verdadeira adoração? A dúvida permanecia, sussurrando em seu íntimo, mas ele, como sempre fizera, escolheu acreditar no impossível, transformando-o em sua verdade inabalável.

— Dulcineia! Murmurou ele, com a voz embargada, quase sufocada pela emoção. Suas mãos, trêmulas, estenderam-se em direção a ela, e ele a tomou nos braços, seus olhos marejados de lágrimas, incapaz de conter o turbilhão de sentimentos que o envolvia. Era como se todo o peso das aventuras e desventuras, das batalhas contra gigantes e moinhos, tivesse sido recompensado naquele momento. Ela estava ali, viva, presente, a personificação de tudo que ele acreditava ser sagrado.

A jovem, percebendo uma multidão crescente ao redor, avaliou o impacto que aquela encenação poderia causar e as oportunidades que poderiam surgir nas redes sociais e decidiu levar o espetáculo um passo adiante. Envolta no abraço de Quixote, ela sorri suavemente para as câmeras e, sem hesitar, inclina-se e deposita um beijo delicado nos lábios do cavaleiro.

Para Dom Quixote, aquele gesto, simples para o mundo moderno, é um golpe avassalador no seu coração. O beijo, suave e inesperado, o arrebata por completo. Seu corpo treme de emoção, e seus joelhos enfraquecem, até que ele se ajoelha aos pés de sua amada, com os olhos marejados de lágrimas. Para ele, aquele beijo não é um gesto trivial; é a confirmação de todos os seus sonhos, dos seus mais profundos anseios.

— Ah, Dulcineia! Minha doce Dulcineia... — murmura Dom Quixote, sua voz embargada pela emoção, os olhos marejados. — Vivi cada aventura, enfrentei monstros e gigantes, desafiei o injusto e o cruel, tudo em nome da esperança de que um dia eu estaria diante de ti. Este beijo, minha senhora, é a recompensa de todos os meus feitos, o prêmio por cada momento de coragem, por cada cicatriz que carrego. E a pureza do teu gesto — ainda que não devesse tê-lo feito diante de tantos olhos curiosos — é a prova de que meu coração nunca errou ao te enaltecer com a mais nobre devoção. És, de fato, o ideal que sempre busquei, e este instante sela para mim o destino que sempre soube ser o meu: viver e morrer por ti.

A multidão ao redor, sem compreender a profundidade de sua devoção, aplaude e filma a cena como se estivesse em um teatro.

Convencida de já ter garantido a atenção que buscava, a jovem se desvencilha rapidamente de Dom Quixote e desaparece em meio à multidão de turistas que vagava pelas ruas. Ela entra em uma loja de souvenirs, e, ao avistar uma pequena escultura de Dom Quixote, faz uma última selfie, agora ao lado da estátua inerte.

Enquanto isso, o Cavaleiro da Triste Figura, desorientado e perdido no mar de rostos desconhecidos, busca em vão por sua amada. Sem rumo e atordoado por não encontrá-la, procura se afastar daquela multidão. Entra por umas vielas e, sem perceber um buraco na rua bem à sua frente, tropeça e cai; sua cabeça encontra o chão com um baque surdo. Antes de perder a consciência, sua mente o lança em um devaneio: ele vê sua amada exausta após uma longa caminhada, e a carrega nos braços. Com gestos delicados, ela permite que lhe tire os sapatos, e ele deposita um beijo suave em seus pés, como um gesto de devoção.

Um jovem turista, fascinado pelas lendas de Dom Quixote e que observava as andanças do Cavaleiro da Triste Figura desde a saída de sua casa, ao vê-lo caído, corre para ajudá-lo. Com delicadeza, ele ergue o nobre cavaleiro, suas mãos trêmulas diante daquele que tanto admirara nas páginas de um livro. Familiarizado com as aventuras do valoroso cavaleiro, leva-o de volta à sua casa e, em silêncio, acomoda-o em sua cama, como quem cuida de um herói adormecido.

Dom Quixote, exausto da batalha contra inimigos

invisíveis, deixa-se envolver pelo sono profundo. Talvez, quando despertar novamente, encontre um mundo mais digno de sua nobreza, onde os sonhos não se percam nos labirintos da realidade.

O rapaz, emocionado por estar ao lado do destemido cavaleiro, sente a urgência de registrar tudo o que viu, temendo que o tempo, com sua mão inclemente, apagasse as lembranças daquilo que havia visto presenciado. Sem hesitar, ele puxa o caderno da bolsa de couro e começa a escrever:

"Dom Quixote de La Mancha, o célebre Cavaleiro da Triste Figura, despertou de um longo e profundo sono. A névoa que o envolvia finalmente se dissipou..."

O JARDIM DE EPICURO

Na quietude de um jardim sombreado por duas frondosas árvores, onde o marulhar constante das ondas se fazia ouvir, Epicuro estava sentado em um banco de pedra, cercado por seus discípulos. Ali, ele ensinava sua filosofia a todos que buscavam o caminho para uma vida feliz. Um círculo de homens e mulheres o ouvia atentamente. Apesar de já ter passado dos sessenta anos, Epicuro não parecia frágil. Seu corpo, embora marcado pelo passar dos anos, mostrava sinais de vigor. Mesmo que não treinasse com armas, ainda mantinha a firmeza de alguém que buscava um contínuo equilíbrio entre corpo e mente. Seus olhos mantinham um olhar profundo e confiante, dotados de uma calma de quem não temia as adversidades. Não havia pressa em suas palavras. Cada frase era dita com o ritmo de quem queria dar o devido peso a cada ideia. Suas palavras transmitiam uma sabedoria que parecia ter surgido sem esforço.

Suas vestes eram simples e despojadas, sem excessos, consistindo em uma túnica de linho, que se ajustava confortavelmente ao corpo, permitindo liberdade de movimento e desenvoltura ao gesticular. Suas sandálias de couro desgastado mostravam que também era adepto de longos passeios filosóficos. O cabelo, era curto e bem cuidado, caindo suavemente ao redor das têmporas, enquanto sua barba, que estava aparada de forma simples, realçava a serenidade de seu rosto.

Naquela tarde, enquanto o sol vagarosamente completava sua passagem sobre a Grécia, ele prosseguia sua lição:

— Não devemos temer a morte. Ela nada é para nós, pois, enquanto vivemos, ela não está presente, e quando ela chega, já não estamos mais aqui. A angústia que ela causa é uma ilusão.

Os discípulos concentrados, ouviam suas palavras com um misto de gratidão e reverência. Epicuro continuou:

— Quanto aos deuses, se eles existem, estão distantes, sem se preocupar com nossas vidas. Não devemos temer sua ira ou esperar suas bênçãos, pois nossa felicidade depende de nós mesmos, e não de alguma força divina.

O mestre prosseguiu falando sobre como a felicidade poderia ser encontrada na simplicidade e na convivência com os amigos. Enquanto os discípulos ouviam atentamente suas lições, uma leve brisa espalhava o aroma da sálvia, do endro e do tomilho, que cresciam ao redor do jardim.

Ao fundo, um homem observava à distância, hesitando em se aproximar, temendo não ser bem recebido. Era um escravo. Seu corpo, ainda vigoroso apesar dos anos de escravidão, estava marcado pelo tempo e pelas cicatrizes de incontáveis castigos. As mãos, grossas e calejadas, não escondiam que era acostumado a carregar fardos pesados e a lavrar a terra com um esforço que poucos homens livres poderiam suportar. Nos ombros e nos punhos, cicatrizes das cordas que o amarraram tantas vezes, e nas costas, as marcas profundas das chibatadas, que haviam tornado sua pele grossa e seca.

Doulian, como era conhecido, exibia um rosto marcado pela dureza da vida, que não condizia com sua verdadeira idade, que girava em torno dos quarenta anos. Seus olhos negros pareciam janelas para um abismo profundo, refletindo uma tristeza silenciosa e amarga. Cansado, mas curioso, ele se aproximou do círculo com hesitação, dando passos incertos, como um cão que teme ser enxotado.

Assim que ele se aproximou, a conversa cessou por um instante. Os discípulos se entreolharam, alguns com desconforto, mas Epicuro manteve seu semblante tranquilo. Sem mostrar nenhuma surpresa, ele convidou Doulian a se sentar.

— Sente-se amigo, aqui somos todos iguais. O que o trouxe até nós?

Desconfiado, Doulian respirou fundo antes de falar. Suas palavras saíram hesitantes, no início, gaguejadas, como se tivessem ficado aprisionadas por muito tempo.

— Tenho escutado alguns dos seus ensinamentos enquanto trabalhava nas ruas de Atenas. Ouvi sobre a felicidade e a tranquilidade, mas isso me pareceu uma promessa bela demais para que um dia eu as possua. Sou um escravo. Diga-me, como posso buscar a felicidade de que falas, se minha vida está acorrentada à vontade de outro homem?

Após Doulian questionar Epicuro, um silêncio desconfortável desceu sobre o Jardim. Os discípulos observavam atentamente, como se esperassem uma resposta que esclarecesse o dilema que Doulian havia lançado. Epicuro, fitou o escravo, como se tentasse desvendar o que se escondia por trás daqueles olhos, cujo brilho parecia ter se apagado há tempo.

Doulian olhou o seu entorno e continuou:

— Eu era jovem, talvez com quinze ou dezesseis anos, quando os gregos marcharam sobre minha terra natal. Eu vivia em uma pequena vila, distante o suficiente da Grécia para acreditar que poderia viver em paz. Vivíamos da pesca e da agricultura. Corríamos entre as árvores, e nosso pai nos ensinava a plantar, colher e conservar nossos alimentos. Criávamos algumas cabras que nos davam leite e queijo. Minha família era simples, mas unida: meu pai, um homem forte, acostumado ao trabalho duro; minha mãe, sensata e protetora; minhas três irmãs, eram mais novas do que eu, a caçula ainda não tinha três anos. A vida era dura, mas cheguei a conhecer a felicidade nos momentos de pausa do trabalho pesado, especialmente quando nos sentávamos à mesa. Tudo isso, no entanto, se desfez em uma única manhã.

Acordamos com o som ensurdecedor de tambores de guerra ao longe. Quando os primeiros soldados gregos apareceram, parecia que o céu iria desabar sobre nós. Centenas de homens, vestidos com armaduras de bronze reluzentes, marchavam em perfeita sincronia, carregando lanças e escudos. Eram como uma maré devastadora, trazendo morte e destruição.

Nossa pequena vila estava despreparada para se defender e foi tomada com extrema brutalidade. Os gritos dos aldeões se misturavam ao som do aço atravessando corpos, ao estrondo das portas arrombadas e às chamas que logo começaram a consumir as pequenas casas de madeira.

Tentando proteger minhas irmãs, minha mãe correu com elas, mas a fuga foi inútil. Antes que pudessem chegar à beira mar, os soldados gregos as cercaram. Lembro-me do olhar desesperado de minha mãe, segurando minhas irmãs pequenas, a mais nova em seu colo, enquanto eu, impotente, tentava escapar da morte que para mim era certa. Meu pai, lutando ao lado de outros homens da vila, foi morto, uma das mãos decepadas por uma espada e o peito atravessado por uma lança. Minha mãe gritou, minhas irmãs já não podiam gritar, jaziam na terra pisoteadas pelos cavalos que passaram sobre seus corpos em busca de alcançar outros aldeões que tentavam escapar. Os soldados gregos não mostraram misericórdia. Minha mãe foi abatida por uma flecha que transpassou seu crânio. Naquele instante, senti o mundo desabar. Fiquei paralisado pelo choque, vi-me incapaz de fazer qualquer coisa. O sangue de minha família foi sorvido pelo solo fértil onde nossos antepassados viveram e trabalharam por séculos.

Eu queria morrer ali. Joguei-me contra os soldados, teria lutado até o fim, mas fui feito prisioneiro. Os gregos pouparam-me da execução, não por compaixão, mas porque viram em mim um jovem forte, capaz de servir como mão de obra. Amarrado, espancado e humilhado, fui arrastado junto a outros sobreviventes. Fomos levados para sermos vendidos nos mercados de escravos da Grécia. A cada passo forçado, carreguei não apenas as correntes de ferro que prendiam meus pulsos, mas também o peso insuportável de ter perdido tudo o que amava. Eu me culpava por não ter conseguido proteger minha família, por não ter salvado minha mãe e minhas irmãs, por ter sido impotente diante da destruição.

A viagem para Atenas foi um inferno. Sem comida suficiente, com pouco descanso e sob constantes castigos, muitos dos prisioneiros morreram no caminho. Alguns preferiram comer a terra que pisavam e perder a vida a enfrentar o destino de se tornarem escravos. Outros ainda tinham a esperança de um dia ser resgatados. Mas, resgatados por quem? Aqueles que não foram mortos logo seriam escravizados. Quando finalmente cheguei ao mercado de escravos, já não era mais a mesma pessoa. Meu espírito havia sido esmagado.

Fui vendido a um senhor ateniense de temperamento cruel e submetido a uma rotina implacável de trabalhos físicos pesados e castigos severos. Com o tempo, as cicatrizes no meu corpo se multiplicaram, mas nenhuma delas doía tanto quanto a perda de minha família. As noites eram longas, e em meus sonhos, revivi a cena do massacre repetidamente. O rosto de minha mãe atravessado por uma flecha e os corpos pisoteados de minhas irmãs retornavam cada noite em que tentava dormir após um longo e penoso dia de trabalho, corroendo o que restava de minha alma.

Suportei por anos essa vida, sem jamais esquecer a destruição de minha vila, a morte de meus pais e a perda de minhas irmãs. Em minhas horas de solidão, me perguntei seguidamente se haveria algum sentido em continuar. E, embora a raiva e o desespero me acompanhassem por muito tempo, ouvi falar de um caminho para a felicidade e vim ao seu jardim.

— Meu caro Doulian — começou Epicuro —, a tragédia que viveste, a perda da tua família, é algo que levarás contigo sempre. Não te peço para esquecer, porque esquecer seria desonrar aqueles que amaste. O que te peço é que não te deixes consumir pelo ódio e pela dor que essa lembrança traz. Porque o ódio é um veneno que destrói por dentro, enquanto os opressores seguem ilesos. És um escravo nas mãos dos homens, mas não precisas ser um escravo do teu próprio sofrimento. Não te peço para perdoar, e sim para deixar de lado o fardo da culpa que carregas. O que os gregos fizeram contigo e com tua família foi uma injustiça, mas não deves carregar a culpa por não ter conseguido proteger os teus. És um homem, não um deus. E como homem, tens limites.

Doulian abaixou os olhos e fitou o chão, ponderando.

— Eu compreendo o que diz — respondeu, erguendo o olhar —, mas como pode alguém ser feliz, sem liberdade?

Epicuro percebendo a complexidade da questão, tentou encontrar uma resposta.

— A felicidade não depende das condições externas de nossas vidas, mas do estado de nossa mente e de como lidamos com nossas dores, medos e desejos. A felicidade que você busca, pode ser encontrada na tranquilidade da alma. Aquele que não consegue governar sua mente é mais escravo do que quem está acorrentado por outro.

— Então, devo aceitar minha condição?

Epicuro balançou a cabeça lentamente.

— Aceitar, não! Apenas não deixe que a dor controle você. Mesmo nas circunstâncias mais adversas, a tranquilidade da alma é o maior dos tesouros. O que proponho é que você, assim como todos nós aqui, aprenda a dominar a si mesmo. Não deixe que outros homens, por mais poderosos que sejam, governem seu espírito.

Doulian se levantou e saiu do Jardim, não que estivesse conformado, mas com o coração um pouco mais leve. As palavras de Epicuro acalmaram um pouco suas aflições, mas a breve paz que havia encontrado não duraria muito.

Antes de dobrar a esquina, ele viu seu senhor se aproximando, com o rosto carregado de fúria. O homem era conhecido por seu temperamento violento e cruel, e agora estava furioso pelo tempo que Doulian se ausentara de suas tarefas.

— Onde estava, seu verme? — gritou o senhor, aproximando-se com passos firmes. — Desviou-se novamente de seus deveres? Achas que podes fugir do teu trabalho para filosofar com os homens livres? Quer ser filósofo? Vou te ensinar, então, a minha filosofia.

Sem dar tempo para uma resposta, o homem sacou um chicote que sempre carregava consigo e começou a desferir golpes no corpo do escravo. Cada estalo do chicote cortava o ar e a carne de Doulian. Ele tentou se manter de pé, mesmo sentindo a dor atravessar-lhe o corpo, mas seus joelhos fraquejaram, e caiu ao chão, gemendo de dor. Os gritos do senhor ordenando que Doulian voltasse para o trabalho ecoavam pelas ruas, mas ele permanecia em silêncio, suas costas ardendo com o açoite.

Do Jardim, os discípulos de Epicuro observavam em silêncio, atônitos. Eles olhavam para o mestre, esperando que ele tomasse alguma atitude.

Epicuro, observava a cena em silêncio, sem mover um músculo. Seus discípulos estavam inquietos, ansiosos por sua reação. Um deles, mais jovem e impulsivo, não conseguiu se conter.

— Mestre! Não vais fazer nada? Não é injusto o que está acontecendo? — Sua voz estava carregada de frustração. — Tu falas de paz de espírito, de justiça e de felicidade, mas como podemos permitir que um homem seja tratado assim?

Epicuro levantou o olhar com a gravidade de alguém que pondera o significado de cada ação.

— A justiça que buscamos aqui não é a justiça da força — respondeu ele, calmamente. — O que eu poderia fazer, que não aumentasse a violência? Se eu interviesse, criaria mais conflitos, mais ódio, e ampliaria ainda mais a dor. A ira e o desejo de vingança do seu dono poderiam levá-lo a tirar vida de Doulian. Uma ação impensada poderia resultar em consequências imprevisíveis.

Os discípulos, perplexos, olhavam entre si, ainda tentando absorver as palavras do mestre. O jovem que havia falado franziu o cenho.

—Então... permitimos que ele sofra?

Epicuro voltou o olhar para Doulian, ainda no chão, tentando se levantar após os golpes. Ele caminhou lentamente em direção ao escravo, que tentava se recompor. O mestre se agachou ao lado dele e colocou a mão gentilmente em seu ombro.

— O sofrimento físico é inevitável em certas condições da vida, meu amigo. Mas não permita que o sofrimento psicológico amplie ainda mais a sua dor.

Doulian, ainda ajoelhado no chão, com o corpo pulsando de dor e o sangue quente das chibatadas correndo pelas costas, olhou nos olhos de Epicuro. A serenidade do mestre, que antes lhe trouxera conforto, agora o incomodava. Um misto de humilhação, desespero e ódio crescia em seu peito, e, sem pensar, ele cuspiu no rosto do filósofo.

Os discípulos ficaram em choque. O cuspe escorreu lentamente pelo rosto de Epicuro, e antes que o silêncio pudesse se instalar, com os olhos ardendo de fúria, ele gritou:

— Maldito seja você e sua filosofia inútil! — bradou com a voz rouca de dor e desespero. — Você fala de liberdade interior, de paz, de felicidade! Mas o que você sabe da verdadeira escravidão? — Ele tremia, sua raiva incontrolável. — Como posso ter paz de espírito, quando sou açoitado e tratado como um animal? Como posso encontrar prazer na vida se não tenho sequer controle sobre o que como, onde durmo ou que faço?

Doulian se levantou lentamente, seus olhos fixos em Epicuro.

— Seus ensinamentos são palavras vazias, confortos para os ricos, para os livres, para aqueles que podem escolher. Mas para nós, que estamos acorrentados, que somos espancados e humilhados todos os dias, sua filosofia não serve para nada! Você não pode me libertar.

Não pode libertar nenhum de nós! Que tipo de filosofia é essa que só serve para alguns e deixa os outros no sofrimento?

Os discípulos olhavam, paralisados. O ar estava denso com a tensão das palavras de Doulian. Alguns deles tinham as mãos cerradas, indignados com a ousadia do escravo. Outros apenas olhavam para Epicuro, esperando por uma resposta, por uma reação. Alguns esperavam um gesto de repúdio ou uma palavra dura.

Epicuro, porém, permaneceu em silêncio por alguns instantes. Limpou o rosto com calma, seus olhos nunca deixando os de Doulian. Não havia raiva em seu olhar, nem ressentimento. Finalmente, ele falou com uma voz firme.

— Doulian, eu entendo a sua dor. Entendo a sua raiva. E não o culpo por ela. O que você sente é real, e sua indignação é uma resposta natural às injustiças que vive. Não é fácil ouvir sobre liberdade e paz quando o corpo sofre sob o peso de correntes e chibatas. Eu não lhe ofereço a promessa de que essas correntes desaparecerão. Eu jamais disse que poderia acabar com todas as injustiças ou que poderia libertar cada ser humano de suas amarras físicas. O que ofereço é um caminho para que, mesmo nas circunstâncias mais adversas, a mente e o espírito possam encontrar uma forma de resistir ao sofrimento que o mundo nos impõe. Sei que isso parece pouco diante da sua dor física, e não vou fingir que entendo completamente o que você enfrenta.

Doulian, ainda fervendo de raiva, o interrompeu:

— Palavras vazias, Epicuro! Palavras que não curam a dor, que não libertam! — gritou. — De que serve essa liberdade interior se a carne continua a ser açoitada? Como encontrar paz de espírito se a dor física é implacável? Você vive em sua serenidade enquanto eu sou jogado ao chão e espancado como um animal! Isso não é justiça, nem felicidade!

Epicuro assentiu, compreendendo a frustração do escravo. Os discípulos continuavam a observar. A resposta de Epicuro não seria apenas para Doulian, mas também para eles, que ainda se esforçavam para compreender o sentido prático daquela filosofia.

— Não posso dizer que a dor física não importa. Ela importa, e muito. Eu não posso libertá-lo das correntes que outros lhe impõem. Mas posso ajudá-lo a encontrar a força para que, mesmo no sofrimento, sua mente permaneça intacta. Que, mesmo em dor, sua dignidade não seja corrompida.

O escravo se virou, afastando-se lentamente, mancando, ainda com o corpo machucado e a mente em conflito. Os discípulos o observaram sair, perplexos e pensativos. Epicuro, por sua vez, voltou a sentar-se sob a figueira, limpando calmamente o resto do cuspe que ainda escorria em seu rosto, sem um traço de rancor. Ele observava o escravo se afastar, ainda furioso, arrastando seu corpo em meio à dor causada pelas chibatadas. Os discípulos olhavam para seu mestre, esperando alguma explicação, alguma palavra que ajudasse a compreender o que acabara de acontecer. Ele permaneceu em silêncio por alguns instantes. Seus olhos seguiram o escravo até que ele desaparecesse ao virar a esquina.

Os discípulos ainda pareciam confusos. Alguns, indignados com a atitude de Doulian, outros, inquietos com a aparente falta de reação do mestre.

Finalmente, Epicuro quebrou o silêncio:

— Hoje, meus amigos, aprendemos mais do que em qualquer outra discussão filosófica que já tivemos.

Os discípulos se entreolharam, surpresos. O jovem que havia questionado anteriormente, ainda com o rosto franzido de confusão, tomou a palavra:

— Mas, mestre, o que exatamente aprendemos? Doulian rejeitou sua filosofia. Ele desafiou suas palavras e, ao final, o dilema que ele levantou parece insolúvel.

Epicuro com uma gravidade em seu semblante que raramente se apossava dele, disse:

— A rejeição dele é compreensível, e essa rejeição, essa revolta, me trouxe uma lição valiosa. Sempre falei sobre a importância da paz interior, da busca pela tranquilidade, mesmo diante das maiores adversidades. Mas, hoje, percebo que há limites para a filosofia quando confrontada com certas realidades cruéis. A dor que Doulian enfrenta, a escravidão em que vive, não é algo que se resolve apenas com palavras. É uma realidade que precisamos reconhecer em toda a sua brutalidade.

Os discípulos ficaram em silêncio, absorvendo as palavras do mestre.

— Eu sempre acreditei que a liberdade da mente era o bem mais precioso, que a verdadeira paz vinha de dentro, mas hoje vejo que há sofrimentos que nenhum ensinamento, por mais profundo que seja, pode apagar. A filosofia não deve ser uma fuga da realidade, mas uma forma de encará-la, e hoje, entendo que minha filosofia não pode ser oferecida como uma solução universal para todos os tipos de dor.

Ele suspirou profundamente, como se sentisse o peso das suas próprias palavras.

— O que Doulian me ensinou ao cuspir em meu rosto — continuou Epicuro — é que a filosofia também precisa aprender a escutar. Escutar as vozes daqueles que vivem em situações que, para nós, podem parecer distantes, mas que são reais e inescapáveis. Hoje, aprendi que, por mais que possamos cultivar a paz interior, há lutas que exigem mais do que introspecção. Talvez a filosofia de um homem escravizado não possa ser a mesma de um homem livre. Cada realidade exige a sua própria filosofia.

LITTLE BOY

A pesar da umidade elevada do Pacífico, que tornava o ar mais denso, a manhã de seis de agosto de 1945 poderia ter sido um dia como outro qualquer. Ainda na madrugada, oficiais já estavam de pé, marchando com passos firmes e dando ordens em um tom enérgico e apressado. O som das botas ressoava no asfalto, amplificando a tensão crescente que envolvia cada um deles. Era imprescindível seguir o cronograma meticulosamente planejado. Homens em macacões cinzas e olhos preocupados transportavam a bomba de quase cinco toneladas, envolta em folhas de metal reluzente. Técnicos, engenheiros e militares de alta patente se concentravam ao redor do bombardeiro. A precisão ritualística com que ajustavam cada detalhe — cada correia, cada parafuso — refletia a importância da tarefa. Nenhum erro era admissível, pois poderia custar anos de esforços e centenas de milhões de dólares.

A tripulação observava a movimentação à distância. Paul, o piloto escolhido para comandar a missão, exibia uma expressão apenas aparentemente calma. Quem o conhecia bem notava a tensão em suas mãos, que seguravam o quepe com força desnecessária. Seu olhar estava tão compenetrado que os traços de seu rosto haviam perdido a delicadeza habitual. Ele mantinha um silêncio que possuía algo de reverente, como o de alguém que testemunha um evento sobrenatural. Para ele, aquilo não era apenas uma missão; era o momento que mudaria o curso da história.

Quando *Little Boy* — a bomba mais devastadora criada até então — foi finalmente instalada no compartimento da aeronave, os engenheiros sentiram um alívio momentâneo. No entanto, os técnicos ainda precisavam concluir os últimos testes de segurança. Somente após checar todos os sistemas, a decolagem seria liberada. As conexões elétricas foram inspecionadas uma a uma, e o mecanismo de disparo revisado uma última vez. Os testes do sistema de detonação haviam sido realizados dias antes, a uma distância segura, para garantir que a bomba só seria armada após o lançamento. As travas de segurança, que impediam a ativação prematura do mecanismo, seriam removidas no ar, em pleno voo, quando o avião alcançasse a altitude e posição precisas.

Antes das três da manhã, a preparação estava concluída, e a arma, pronta. A tripulação foi chamada para embarcar. Um a um, os homens subiram a bordo, rostos experientes, mas visivelmente tensos. Sabiam que estavam participando de algo sem precedentes. Paul apertou o cinto com firmeza enquanto se acomodava no assento estreito da cabine. O couro desgastado, pressionado contra suas costas, era um lembrete de muitas missões anteriores. Com gestos automáticos, ajustou os controles da aeronave. Cada movimento refletia os longos anos de treinamento que havia recebido. Respirou fundo e checou mais uma vez cada um dos instrumentos de voo. Era a missão mais importante de sua vida, e o peso da responsabilidade fazia com que seu corpo se sentisse ainda mais pressionado contra o assento de couro. Sabia que havia sido escolhido para essa missão por ser o melhor piloto. Ainda assim, sua mente parecia seguir um caminho próprio, arrastando-o para um turbilhão de pensamentos e memórias involuntárias.

Imagens de sua vida emergiam como sombras, logo reprimidas pela determinação em focar na tarefa que estava prestes a realizar. Inspirou fundo mais uma vez e olhou para frente, seus olhos fixos na pista.

Enquanto aguardava a autorização para decolar, lembrou-se de uma conversa recente com Joe, seu melhor amigo e companheiro de unidade, cuja expressão preocupada ainda ecoava em sua mente.

— Você realmente acha que deve fazer isso, Paul? — Joe perguntou, a voz grave e o olhar desolado. — Isso não é só mais um bombardeio. É algo muito mais mortal.

Paul sabia que não demoraria muito para que a pergunta fosse feita e tentou encontrar as palavras certas para tranquilizá-lo.

— Eu sei. Mas a guerra não é justa. Se isso puder encerrar tudo de uma vez, talvez seja o que precisamos fazer.

Joe balançou a cabeça, cético.

— Você tem ideia de quantas vidas isso vai custar?

— Às vezes, temos que fazer escolhas difíceis. Se isso significar menos soldados mortos no campo de batalha, talvez valha a pena. Essa guerra já tirou a vida de dezenas de milhões de soldados, sem contar os civis. Precisamos acabar com isso.

O olhar de Joe estava tenso. Sabia que Paul sempre fora determinado, mas questionava se ele compreendia as verdadeiras implicações do que estava prestes a fazer.

— Só espero que um dia você não olhe para trás e se arrependa. Esse pode ser um fardo maior do que qualquer homem consegue carregar.

Paul forçou um sorriso.

— Não se preocupe, meu amigo. Depois que tudo isso acabar, vamos tomar um drink e ver como as coisas se ajeitam.

No entanto, por trás do tom confiante, Paul sabia que a realidade era mais complexa. A frágil sensação de tranquilidade que exibia poderia se desfazer a qualquer instante, pois, no fundo, ele tinha plena consciência de que as consequências do que estava prestes a fazer escapavam de qualquer controle. Era como abrir a caixa de Pandora.

Agora, enquanto aguardava a decolagem, sentiu a gravidade do que estava prestes a realizar. Com um movimento automático, abriu uma das válvulas e ajustou a mistura de ar e combustível com precisão. Os indicadores de temperatura e pressão estabilizaram. Com as mãos firmes no controle, ele moveu o dedo até o botão de partida. Hesitou por um instante, depois pressionou. O som dos motores soou como um rugido hipnótico. A hélice girava cada vez mais rápido, ganhando força e velocidade até que o ronco dos motores se sobrepôs ao silêncio da noite. Lá fora, o avião tremia, ansioso por decolar. Paul sentiu um suor frio escorrer pela nuca.

Assim que recebeu a autorização, acelerou, e o avião começou a correr pela pista, decolou e começou a ganhar altitude. Ele respirou fundo. A linha entre a realidade e o sonho parecia mais tênue do que nunca.

Olhando pela janela, viu a terra ficando para trás. Mas, em vez da sensação de liberdade que costumava sentir ao voar, algo o puxava para baixo, como se ele se aproximasse de um abismo. À medida que subia em direção à altitude planejada de voo, as palavras de Joe ecoavam em sua mente e a dúvida, que ele acreditava ter suprimido, voltou a instigar seus pensamentos como picadas de vespa.

A viagem seria longa. Hiroshima estava a cerca de dois mil e seiscentos quilômetros de distância da base aérea. O avião prosseguia seu voo tranquilo e, em pouco tempo, alcançou nove mil e quinhentos metros de altitude, seguindo nesta altura até o destino. Por seis horas, Paul teria que enfrentar os pensamentos que insistiam em ultrapassar as barreiras cuidadosamente erguidas em sua mente, destinadas a evitar que refletisse sobre o que estava prestes a realizar.

Enquanto o avião seguia o voo planejado, ele se viu retornando ao verão de 1924, numa manhã ensolarada, quando tinha apenas nove anos. Era um garoto magro de cabelos claros, fascinado pelo céu aberto da feira local. As barracas coloridas e os sons animados dos vendedores chamavam a atenção dos visitantes, mas ele estava cativado por outra coisa: o avião que, ao longe, traçava uma linha no céu. Era um biplano amarelo que fazia manobras ágeis, desenhando espirais no ar enquanto soltava uma faixa de fumaça branca — um avião típico daquela época. Tinha asas duplas, firmes e bem alinhadas, cobertas por uma pintura amarela brilhante que se destacava sob a luz do sol. O motor, posicionado na frente, emitia um som rítmico e constante, enquanto a hélice girava em um movimento contínuo que sustentava o voo. Naquela época, o barulho do motor e a liberdade daquelas acrobacias lhe pareciam quase mágicos. Jamais imaginara que, um dia, o voo se tornaria algo tão distante dessa pureza e liberdade.

Ele ficou completamente hipnotizado assim que avistou o avião amarelo no céu. Até aquele momento, ele nunca tinha visto uma máquina que voasse de verdade, especialmente de tão perto. A sensação era de um misto de curiosidade e espanto. Ele mal conseguia piscar, temendo que, se desviasse o olhar, aquele espetáculo pudesse desaparecer. O som do motor ecoava pelos campos sobrepondo-se ao barulho da feira. O avião fazia curvas e manobras que ele jamais poderia ter imaginado, deixando atrás de si rastros de fumaça branca que serpenteavam no céu. Com cada curva, cada mergulho ousado do avião, ele se segurava com força no braço do pai, hora se assustando, hora se maravilhando com aquilo. Ele se perguntava como era possível algo tão pesado estar lá em cima, suspenso como uma folha ao vento. Naquele momento, ele pensava que, se voar era possível, qualquer outra coisa no mundo também seria.

Quando o avião finalmente desceu e pousou, Paul estava numa felicidade próxima da euforia. Ele puxou o braço do pai, insistindo para ir até o avião. Seu pai achou graça da empolgação do garoto e o levou até o pequeno hangar improvisado, onde algumas pessoas já se reuniam para ver o avião de perto. O piloto, um homem alto, com os cabelos despenteados pelo vento, tinha um sorriso acolhedor e parecia dotado de uma confiança fora do comum. Ele notou os olhos brilhantes do menino e, talvez por ver ali algo de especial, aproximou-se da criança.

— E então, garoto, quer ver o mundo lá de cima? — perguntou o piloto, com um sorriso desafiador.

— Voar? Você me levaria? Eu posso mesmo ir? É verdade?

Paul olhou para o pai, buscando aprovação, e ao ver a cabeça dele assentindo, ficou eufórico. Ele não sabia exatamente o que esperar, mas mal conseguia conter a excitação enquanto o piloto lhe ajudou a colocar os óculos de proteção. Tudo parecia mágico: o cheiro de combustível, o barulho do motor e a vibração que passava pelo chão até seus pés.

Assim que o biplano começou a se mover pela pequena pista de terra batida, o coração dele batia tão forte que parecia querer acompanhar a rotação do motor do avião. O piloto deu uma última olhada para ele, como se confirmasse que o menino estava pronto, e então puxou a alavanca, fazendo a aeronave levantar voo suavemente. Assim que o chão desapareceu sob eles, ele ficou boquiaberto com uma mistura de medo e euforia.

O avião começou a subir em uma velocidade tão surpreendente que parecia ter sido sugado por um furacão. A feira, antes tão grande e caótica, agora parecia pequena. A infinidade de barracas se espalhava como brinquedos em uma mesa. Ele estava voando – pela primeira vez, ele experimentava a sensação de estar acima do mundo. Tudo se movia como uma pintura viva, e ele era parte daquela cena que parecia obra da fantasia.

O piloto entregou a ele uma pilha de folhetos de propaganda. As mãos do menino tremiam de excitação e nervosismo enquanto segurava os papéis, olhando para o piloto sem saber o que deveria fazer. Quando o homem fez um gesto para que ele se inclinasse levemente e soltasse os panfletos, ele hesitou por um instante, mas a excitação que sentia fez com que se esquecesse de seu medo. Assim que lançou os primeiros panfletos, olhou fascinado o efeito que produzia ao serem levados pelo vento. Os folhetos caiam suavemente, dando incontáveis giros, como se dançassem no ar, colorindo o céu antes de descer sobre a feira. Enquanto caíam, as pessoas lá embaixo olhavam para cima: algumas surpresas, outras acenando. Todas pareciam felizes. Ele ficou maravilhado e acreditou que era capaz de alegrar todos na feira apenas lançando do alto do céu pequenas folhas coloridas. Começou a soltar os panfletos com mais confiança, rindo com o piloto enquanto jogava os papéis aos poucos. Aquilo parecia a coisa mais incrível que já tinha feito na vida. Ele se sentia parte de um espetáculo, um mensageiro alado que espalhava diversão e alegria.

De volta ao chão, enquanto ainda sentia os pés vibrando pela experiência, ele agradeceu ao piloto com um abraço e um sorriso tão espontâneo que parecia conter todas as emoções do voo. A partir daquele dia, ele soube que queria viver no céu, entre as nuvens. Esse primeiro voo acendeu uma chama de aventura e curiosidade que o acompanharia por toda a vida, que o levaria a desafiar os céus de formas que ele nem poderia imaginar.

Naquela noite, ele mal conseguiu dormir. A lembrança do voo, a sensação de liberdade, o rugido do motor — tudo parecia se repetir em sua mente como um filme emocionante que ele não queria que acabasse. Cada vez que fechava os olhos, se via novamente lá no alto, jogando os panfletos que dançavam no ar, enquanto as pessoas lá embaixo olhavam para ele como se fosse um herói.

Paul se lembrou como, no dia seguinte, assim que chegou à escola, os amigos correram até ele, ansiosos por detalhes.

— Você voou mesmo? E jogou os panfletos? Como era o piloto? Ficou com medo?

As perguntas surgiam uma atrás da outra, e ele se sentia como um pequeno aventureiro, relatando cada detalhe como se estivesse contando uma grande aventura. Ele descreveu como o mundo parecia menor lá de cima, as cores vivas da feira, o vento batendo em seu rosto e a emoção de ver as pessoas acenando enquanto ele lançava os panfletos.

— E teve medo? – um dos amigos perguntou, com olhos arregalados.

Ele pensou um pouco antes de responder, lembrando da hesitação que sentiu ao se inclinar para soltar os papéis. Mas, em vez de falar do nervosismo, ele sorriu e disse:

— Medo? Nem um pouco! Só queria ficar lá em cima para sempre!

Daquele dia em diante, ele nunca mais conseguiu olhar para o céu sem se imaginar dentro de um avião. Sonhava acordado com o próximo voo, já decidido a seguir esse caminho. Para ele, o mundo dos aviadores era o mais grandioso de todos – e, a cada dia, ele ficava mais certo de que seu destino estava lá em cima, entre as nuvens.

Os anos se passaram desde aquele memorável voo na feira, mas a paixão pela aviação apenas crescia. Ele lia tudo o que podia sobre aviões, devorava revistas e sonhava acordado com o dia em que teria a chance de pilotar por conta própria.

Enquanto o avião seguia em direção a Hiroshima, as recordações invadiam a mente de Paul, e ele não tinha forças para interrompê-las. Ele se recordou do dia, enquanto folheava um jornal local, de um pequeno anúncio que chamou sua atenção: "Escola de Aviação Local Oferece Aulas de Pilotagem – Inscrições Abertas!"

Com o coração acelerado, ele quase não conseguiu esperar até o dia seguinte para contar ao pai sobre a oportunidade. Quando finalmente conseguiu reunir coragem e se inscrever, sentiu uma mistura de nervosismo e excitação que o acompanhou durante toda a semana. Ele estava prestes a realizar um sonho que parecia distante, e a ideia de estar mais próximo do céu o deixava em êxtase.

Na manhã de sua primeira aula, acordou antes do sol raiar. Vestiu uma jaqueta que havia conseguido emprestada do irmão mais velho e correu para o café da manhã, onde mal conseguiu engolir os cereais. A mente estava repleta de perguntas:

— Como será pilotar um avião? Será que vou conseguir?

Chegando ao pequeno aeroporto, sentiu-se cercado pelo cheiro familiar de combustível de aviação e metal polido. O céu estava claro, e ele podia ouvir o ronco dos motores ao longe, cada som fazendo seu coração disparar ainda mais. Quando o instrutor apareceu — um homem calvo, de barba rala e com o olhar de quem parecia conhecer todos os mistérios do céu e do ar —, Paul sentiu um misto de confiança e alívio. A força daquele olhar firme trouxe-lhe uma sensação de segurança inesperada.

As primeiras aulas eram teóricas. Enquanto o instrutor falava sobre os princípios do voo, ele ouvia com atenção, anotando tudo com entusiasmo. A cada informação nova, sua admiração pela aviação crescia, e ele se sentia cada vez mais determinado. Depois de muitas aulas, finalmente chegou o dia de pilotar. Ao se aproximar do pequeno Cessna, ele sentiu o coração acelerar. Ele se acomodou no assento do piloto e, enquanto ajustava o cinto de segurança, sentiu uma onda de emoção que parecia levá-lo a outro mundo. A cabine era apertada, cheia de botões, instrumentos e alavancas que já conhecia bem.

— Está pronto? – o instrutor perguntou, lançando um olhar encorajador.

— Estou! – respondeu Paul, com uma determinação absoluta.

Quando o motor do Cessna começou a roncar, ele sentiu a vibração por todo o corpo. O instrutor orientou-o a realizar as verificações necessárias, e, assim que a aeronave começou a se deslocar pela pista, uma alegria indescritível tomou conta dele. Finalmente, quando o instrutor deu a ordem para a decolagem, ele puxou a alavanca e, com um rugido, o avião começou a ganhar altitude. Ao ver o chão se afastando, sentiu uma felicidade tão intensa que parecia que seu coração iria explodir. Ele estava no céu, exatamente onde sempre desejou estar, sentindo-se como se flutuasse entre os sonhos e a realidade.

As nuvens passaram ao seu lado, e ele ficou fascinado com a beleza do mundo lá de baixo, que agora parecia um mosaico de cores e formas. A sensação de liberdade era indescritível; ele não tinha mais dúvidas, o céu era sua verdadeira casa. Naquele momento, soube que sua vida estava prestes a mudar para sempre, e a partir dali ele se dedicaria a ser um piloto – um verdadeiro conquistador dos ares.

Com a Segunda Guerra Mundial se intensificando, ele viu uma nova oportunidade se apresentar. Com o chamado das Forças Armadas, ele decidiu se alistar. Entrando nas forças aéreas do exército, continuou seu treinamento e começou a aprender sobre voos de combate, impressionado com a variedade de aeronaves que agora tinha à sua disposição. Logo percebeu que a guerra exigia mais do que as habilidades habituais de um piloto – era preciso coragem e ousadia, qualidades que ele possuía de sobra.

Enquanto se preparava para se tornar um piloto de guerra, foi designado para um grupo que operava bombardeiros, aeronaves que poderiam levar grandes cargas explosivas. Através de uma combinação de treinamento intenso e experiência prática, aprendeu a lançar bombas com precisão. As missões eram intensas e desafiadoras, e ele logo se viu voando sobre a Europa, enfrentando o fogo inimigo e as dificuldades do combate. Cada decolagem era carregada de uma mistura de adrenalina e desafio. Com o passar do tempo, ele se destacou entre seus companheiros, sendo elogiado por sua liderança e habilidades excepcionais. Sua dedicação e sua capacidade de manter a calma sob pressão chamaram a atenção dos oficiais superiores. Isso o levou a ser escolhido para uma missão altamente confidencial, capaz de mudar o curso da história para sempre: ele levaria "Little Boy" — a arma mais mortal já criada pelo homem.

A missão progredia como planejado, com a aeronave indo em direção ao seu alvo; nenhum avião inimigo surgiu para interceptá-los. Paul olhou pela janela, e lá embaixo estava Hiroshima. A luz do sol refletia nas construções, enquanto seus habitantes seguiam com suas vidas cotidianas, alheios à calamidade iminente. Com o coração pesado, Paul respirou fundo.

— Aqui estamos, pensou, sentindo uma pressão insuportável no peito.

Ele preparou o avião para reduzir a altura de voo em um mergulho controlado. Precisava alcançar a altitude exata para lançar a bomba e, em seguida, subir rapidamente para minimizar os danos que a explosão causaria à aeronave. À medida que descia, impulsionado pela gravidade, tentava silenciar o turbilhão de pensamentos. O que estava prestes a fazer era irreversível. Enquanto se aproximava da altitude planejada, fechou os olhos por uns instantes, e uma visão tomou forma em sua mente.

Ele viu uma menina com olhos curiosos, arregalados, olhando para o céu, enquanto suas amigas que brincavam com ela, riam ao lado. Ele a imaginou perguntando:

— Por que aquele avião está vindo em nossa direção?

Ele desejava que ela estivesse pensando em contos de fadas, em aventuras, em tudo o que pudesse afastá-la do horror que se aproximava. Mas a cena mudou rapidamente: o sorriso da menina deu lugar ao medo, ela corria e as risadas se transformaram em gritos. Ele viu os rostos das meninas se dissolverem como bonecos de cera expostos ao fogo, o calor da bomba evaporando seus corpos, em uma cena que poderia estarrecer até o próprio senhor do inferno.

Sua mente não parava, em seguida, ele se viu entre os amigos de infância, cada um julgando o que ele havia feito, debatendo sobre como ele chegou àquele ponto. Paul tentava manter o controle de sua mente.

— Eu tenho que fazer isso — disse para si mesmo, num mantra repetido incontáveis vezes durante a missão.

A imagem de Joe — o amigo que havia questionado sua decisão — surgiu novamente, e Paul procurou afastar rapidamente a lembrança daquela conversa.

Sem que pudesse evitar, diversos rostos de crianças vieram-lhe à mente — meninos que estavam na escola, brincando, sonhando, cujas vidas seriam destruídas em poucos segundos por uma explosão cuidadosamente planejada pelas mentes mais brilhantes da espécie humana. Ele se questionou: o que elas pensariam ao ver a bomba caindo sobre elas? Teriam tempo de pensar em algo? Sentiriam medo?

Ao abrir os olhos, Paul notou que alcançara a altitude ideal. Por um momento, sua mente ficou em silêncio. Com um toque no botão, *Little Boy* foi lançado, caindo como uma verdadeira praga dos céus.

Poucos segundos depois, uma luz intensa, tão brilhante quanto o sol, irrompeu abruptamente, iluminando Hiroshima em um instante que parecia eterno. A explosão, como o rasgar de um véu, desenhou um cataclismo sobre a cidade. Um cogumelo de fumaça e fogo se ergueu em um espetáculo de destruição, como a cena mais pavorosa jamais imaginada por qualquer demônio. Os edifícios, antes imponentes e cheios de vida, foram tragados por uma onda de calor, colapsando sob seu próprio peso. As estruturas se derreteram, transformando-se em sombras de ferro retorcido, enquanto uma imensa cratera se abria no coração da cidade, como se a terra tivesse sido ferida por uma fúria cósmica. A vegetação, verdejante e vibrante, foi reduzida a cinzas em um piscar de olhos. As folhas das árvores se torceram e queimaram, evaporando antes de cair no solo, enquanto as raízes, antes firmes, foram expostas e secas, retorcendo-se em torno de si mesmas como se estivessem sendo expelidas pelo solo e esmagadas pelas mãos de um espectro invisível. O ar, antes perfumado e leve, agora estava impregnado com um odor insuportável de carne queimada. Os corpos, contorcidos em agonia, se tornaram meras silhuetas na paisagem devastada, alguns já reduzidos a nada, evaporados pela intensidade do calor, como se nunca houvessem existido. Outros, presos em suas últimas expressões de terror e dor, permaneciam como testemunhas mudas da destruição. Os gritos das mulheres tentavam alcançar as crianças, mas eram abafados pela onda de choque da explosão. Não havia para onde correr, para onde ir. A morte estava em todos os lugares. Os que estavam mais afastados da zona da explosão, não tendo a sorte de uma morte imediata, sofreram queimaduras por todo o corpo, e seus órgãos receberam doses gigantescas de radiação, que os adoeceram por décadas.

Paul havia sido treinado para não olhar para trás; sua missão era clara: lançar *Little Boy* e retornar em segurança à sua base. Os melhores psicólogos militares o haviam treinado a manter o foco em sua missão, sem ceder à tentação de olhar para o efeito da explosão. No entanto, mesmo sem olhar, a angústia em seu coração se aprofundava, como uma sombra insidiosa que se entranhava em sua alma. Tentou afastar os pensamentos mais sombrios, mas alguns se agarraram à sua mente com tenacidade. Uma pergunta insistia em retornar várias vezes em sua mente: ele havia sido escolhido para ser o portador da destruição ou, no fundo, seria ele quem escolhera aquele destino?

A ideia de que sua ação poderia ter salvado milhares de soldados empalidecia diante da certeza de que havia ajudado a matar milhares de crianças, mulheres, idosos e homens que nunca desejaram estar em uma guerra.

À medida que o avião se afastava, subindo cada vez mais alto, o peso da destruição o seguia como um espectro inescapável. Enquanto mirava a vastidão do céu à sua frente, Paul se perguntava se algum dia conseguiria olhar para o horizonte e ver, em vez de destruição, uma centelha de esperança.

Algum tempo depois, o governo dos Estados Unidos colocaria em seu peito a Medalha de Honra por Realizações Extraordinárias em Voos.

A SERPENTE DO DESESPERO

I: A Caçada Noturna

Naquela noite, o céu escuro, pontilhado de estrelas, era acompanhado por um silêncio profundo, interrompido apenas pelo sopro de correntes de ar frio que se chocavam contra as torres de pedra do castelo, incrustado nas altas montanhas dos Cárpatos. Por séculos, o conde Drácula percorreu aquelas terras em suas caçadas noturnas em busca do único alimento que o satisfazia: o sangue quente de jovens inocentes.

Sobrevoando as aldeias, seu olhar de predador noturno captava detalhes invisíveis aos olhos humanos. Em uma das casas modestas das vilas da região, ele avistou através da vidraça, uma jovem que se preparava para dormir. A luz tênue de uma vela iluminava o contorno da garota deitada na cama, recém completados dezesseis anos. Seus longos cabelos estavam espalhados pelo travesseiro, e ao seu lado, uma pequena cachorrinha de pelo branco estava encolhida, respirando tranquila. O quarto estava imerso em uma atmosfera de serenidade, o tipo de sossego que Drácula adorava romper.

Como um grande predador alado, ele desceu suavemente do céu, suas asas recolhendo-se em silêncio enquanto pousava no telhado da casa. A pequena cadela, mais sensível aos movimentos do que os moradores da casa, ergueu-se subitamente, orelhas atentas, farejando o ar. Quando viu a silhueta negra e imponente do morcego esgueirar-se pelas sombras, soltou um latido agudo e partiu em disparada pela porta aberta.

O barulho ecoou pela casa, fazendo a menina se assustar.

— Pandora! — Chamou, com a voz sobressaltada. Sem pensar duas vezes, levantou-se e seguiu inquieta atrás da cadela, que já avançava pelo pátio escuro.

Drácula esperava pacientemente. Ele sabia que o impulso da jovem de proteger o pequeno animal a traria até ele. A cachorra continuou a latir, agitada, enquanto corria para os campos além da casa. A garota, com o coração acelerado, descalça, pisou na grama fria e molhada de orvalho, chamando por sua cachorrinha, que latia insistentemente, como se quisesse proteger sua dona de algo terrível. E então, quando a menina se distanciou o suficiente da casa, Drácula, silencioso como a noite, emergiu das sombras, seus olhos vermelhos brilhando sob o luar. A jovem mal teve tempo de reagir quando ele a envolveu com seu manto. Ela gritou, mas o som foi abafado pela mão fria que cobria sua boca. Com precisão quase ritualística, ele inclinou a cabeça e, sem pressa, deixou que seus dentes perfurassem a pele delicada da jovem. O sangue quente jorrou em sua boca, e ele bebeu lentamente, saboreando cada gota enquanto a vitalidade da menina esvaía-se. Os olhos dela, antes cheios de medo, começaram a se fechar, até que, finalmente, restou apenas uma quietude mortal. Pandora, a cachorrinha, corria em círculos, enlouquecida, impotente diante da ameaça que não conseguia compreender. Em um último ato de bravura, tentou morder a figura sombria, mas foi silenciada de forma brutal, com seu crânio esmagado sob uma bota implacável.

Drácula largou o corpo inerte no chão, observando-o por um momento. A excitação de saciar sua sede já não trazia a mesma satisfação. A caçada havia sido eficiente, mas vazia.

— Mesmo as presas mais jovens, puras e belas, não despertam o mesmo interesse... Murmurou o conde, antes de desaparecer novamente nas sombras.

Drácula retornou ao seu castelo. Ao entrar, o som de suas asas ecoou pelos corredores vazios. Ao retornar à forma humana, caminhou silenciosamente até o seu quarto, olhou sem interesse para o caixão, o leito frio onde repousava noite após noite. Houve um tempo em que aquele ataúde lhe parecia um símbolo de seu poder imortal. Agora, porém, sentia-o como se fosse uma prisão. Seus olhos vermelhos, vazios de emoção, fitavam a arca mortuária, sem qualquer interesse. Até o sangue, fonte de sua força, há tempos parecia sem sabor. A cada caçada, sentia-se como uma marionete movida por impulsos primitivos, um autômato que obedecia a um impulso irracional, sem jamais se saciar de algo maior. A eternidade, que outrora significava poder e liberdade sem limites, agora se revelava um ciclo implacável. A repetição de cada noite, a caça, o sangue, o retorno ao receptáculo fúnebre... tudo havia se tornado um ritual sem propósito.

Depois de séculos de existência, ele sentia um vazio apertar-lhe a garganta, sufocando-o aos poucos.

Ii. Além Do Bem E Do Mal

Uma angústia profunda, tão gelada quanto a morte, começou a se infiltrar sob sua pele. Ele era o senhor das trevas e, ainda assim, prisioneiro de sua própria imortalidade. O tempo, aos poucos, foi se tornando uma maldição, estendendo-se diante dele como uma estrada infinita, vazia e repetitiva. Como uma fome que nunca se saciava, ele ansiava por algo mais — algo que quebrasse a camada de gelo que envolvia sua existência e desse sentido à eternidade. O sangue já não bastava, e a ideia de viver incontáveis noites apenas para saciar sua sede parecia-lhe um tormento insuportável. Ele necessitava de algo que transcendesse o ciclo interminável de repetição e escuridão.

No interior do castelo, em meio ao brilho oscilante de candelabros antigos, antes que a luz do sol voltasse a reinar, ele chamou seu servo com sua voz fria e autoritária.

— Zoltán, onde estás?

O chamado reverberou pelas paredes do castelo até alcançar o porão úmido, onde um criado de olhar perturbado, que jamais dormia à noite, o ouviu. Rapidamente, ele subiu até o quarto do conde, inclinando-se com reverência.

— Sim, mestre. Como posso lhe servir?

— A caçada desta noite foi decepcionante, meus nervos estão em fiapos. Traga-me algo que me entretenha... jornais, revistas, livros, qualquer coisa que me distraia, Zoltán. Preciso de algo além do sangue esta noite.

Zoltán, com o coração disparado, apressou-se a atender ao pedido, descendo pelos corredores sombrios até a imensa biblioteca do castelo. Quando voltou, carregava uma pilha de volumes de autores antigos: Plutarco, Lucrécio, Virgílio, Dante, Erasmo de Roterdã e Boécio. Drácula os pegou sem interesse, como se fossem velhas cartas de um baralho surrado. Nenhum deles parecia o satisfazer.

Traga-me autores novos, Zoltán, já li esses autores antigos dezenas de vezes. Quero algo novo. Estou cansado dessa velharia.

Zoltán, voltou com mais livros e periódicos e os entregou ao conde. Um deles chamou a atenção do conde.

— "Além do Bem e do Mal", leu em voz baixa, os olhos vermelhos brilhando com uma curiosidade renovada. – Que interessante, um filósofo moderno. Que filosofia pode haver além do bem e do mal? Será que traz algo que eu ainda não conheça?

Os dedos longos do conde folhearam as primeiras páginas. Era algo completamente diferente, uma obra que desafiava convenções e falava sobre a vontade de poder, a busca incessante pela superação das limitações humanas. Revelavam uma filosofia que pregava a afirmação do eu e a conquista do destino. A ideia de transcender as amarras da moralidade e abraçar a própria natureza instintiva e ambiciosa ressoava profundamente em sua essência. Era uma celebração da força vital que pulsava em seu ser e que havia moldado sua existência por séculos. Drácula ficou curioso. Ele, que estava além da moralidade pueril dos mortais, que sempre se moveu sem se preocupar com os limites que separam o bem e o mal, agora encontrava em palavras aquilo que era sua norma de vida.

— Zoltán, murmurou o conde, sem desviar os olhos do livro. — Quem escreveu isto?

O servo que passava suas noites insones na biblioteca do conde e conhecia algumas novidades trazidas do ocidente, respondeu:

— O autor é um filósofo andarilho, agora recluso e isolado. Rumores dizem que enlouqueceu e vive confinado em uma clínica na Basileia. Embora ainda seja um desconhecido, há quem afirme que um dia o mundo saberá quem é ele e o que ele pensa.

Drácula não se espantou ao saber que o filósofo se encontrava em uma clínica psiquiátrica. Para um simples mortal ousar transitar além do bem e do mal, é necessário estar imerso na loucura ou, pelo menos, à beira dela.

— Excelente! Que coisa magnífica! Está na hora de conhecer a Basileia e fazer uma visita a um novo amigo. Poucos homens merecem ser conhecidos, mas este parece ser um deles!

O conde leu algumas páginas e fechou o livro com cuidado, como se fosse um artefato precioso. O brilho de excitação, há tanto tempo apagado, reluzia em seus olhos. Pela primeira vez em séculos, um novo desejo o movia — não pelo sangue, mas pela perspectiva de uma mente que, talvez, fosse tão sombria quanto a sua, capaz de dar sentido a uma existência que se arrastava nas sombras.

Iii. Os Preparativos Para A Viagem

O castelo de Drácula, imerso nas brumas dos Cárpatos, foi tomado por uma movimentação incomum. Zoltán, o fiel servo, corria pelos corredores com uma expressão febril de urgência. Drácula, sempre calmo, acompanhava os preparativos com um olhar meticuloso. Nada podia ser deixado ao acaso, pois sua sobrevivência, longe da Transilvânia, dependia de um detalhe específico: a terra natal.

— Zoltán, chamou o conde com sua voz imponente. — A terra! Certifique-se de que ela esteja adequadamente embalada. Sem ela, minha jornada será curta.

Zoltán assentiu com os olhos baixos, dirigindo-se ao porão onde grandes caixas de madeira iriam ser preparadas. Dentro delas, a terra escura e fértil da Transilvânia, onde várias gerações de antepassados haviam sido enterrados, seria cuidadosamente selada. O caixão, com inscrições em ferro fundido e um brilho opaco, estava pronto para ser carregado. Era naquela peça de madeira negra que Drácula renascia todas as noites, ao abrigo da luz.

— Vamos enviá-las pela carruagem até a estação de trem, disse Zoltán a um grupo de ajudantes sombrios que trabalhavam em silêncio. — Depois, as caixas seguirão para a Basileia. Nós viajaremos à noite. O mestre exige discrição absoluta. Quem ousar comentar sobre a viagem será lançado aos cães selvagens.

Drácula, por sua vez, observava o céu noturno pela janela do castelo. Pela primeira vez em séculos, sentia-se ansioso, mas não pelo sangue. Era o pensamento de finalmente encontrar uma mente tão complexa e sombria quanto a sua que acendia uma faísca há muito adormecida em seu espírito.

Quatro carruagens foram preparadas. Dentro da maior delas foi cuidadosamente colocada uma das grandes caixas, onde o caixão repousava cercado pela terra natal. Zoltán, o zeloso guardião, acompanharia o conde em cada passo da jornada. Os veículos partiriam ao anoitecer, seguindo pelas trilhas montanhosas dos Cárpatos até a estação ferroviária, onde embarcariam rumo à Suíça.

Ao chegarem à estação, Zoltán cuidou para que as caixas fossem carregadas discretamente no compartimento de carga do trem. A noite estava cinza e os lobos uivavam continuamente. O trem partiu, serpenteando pela vastidão dos campos noturnos da Europa Oriental. A cada nova estação de trem, Drácula se aproximava mais de seu objetivo. Seu espírito, geralmente imperturbável, agora era invadido por um sentimento novo: a excitação de um encontro que, ele sabia, poderia mudar o curso de sua existência imortal.

Finalmente, após cinco dias, o trem chegou à Basileia. Zoltán, atento às ordens do mestre, desceu primeiro, garantindo que as caixas fossem levadas para uma casa nos arredores da clínica, onde o filósofo estava internado. A casa, antiga e discreta, servia perfeitamente como base para o conde, um local onde ele poderia descansar durante o dia.

Iv: O Voo Noturno Sobre A Basileia

Ao cair da noite, Drácula se ergueu de seu caixão, pronto para explorar seu novo território. Ele caminhou lentamente até a janela da casa e, em um salto, transformou-se em uma sombra alada, sobrevoando as ruas silenciosas da Basileia.

A cidade, sob o manto da escuridão, era um emaranhado de ruas estreitas e becos tortuosos, intercalados por praças amplas, onde as luzes a gás tremeluziam como sentinelas solitárias. Do alto, a Basileia parecia adormecida. O som abafado de passos distantes ecoava pelas calçadas de paralelepípedos, mas a cidade estava quase deserta, com apenas alguns transeuntes apressados enfrentando o vento frio da noite. As sombras das torres das igrejas, altas e imponentes, projetavam-se sobre os telhados das casas, e o Reno corria silenciosamente, banhando a cidade.

Drácula flutuava acima desse cenário, o vento noturno tornando seu corpo ainda mais frio. Ele observava as janelas fechadas, atrás das quais as famílias dormiam tranquilas, alheias à presença daquela sombra sinistra que os espreitava lá do alto. Suas asas escuras cortavam o ar, movendo-se quase sem ruído, enquanto ele deslizava por entre as chaminés e os telhados cobertos de musgo.

Ao longe, a imponente silhueta da clínica Friedmatt começou a se destacar, seus muros brancos contrastando com o céu noturno. Drácula sobrevoou os jardins da clínica, sentiu a presença das almas angustiadas dentro daqueles muros e o sofrimento das mentes atormentadas que tornavam o ar pesado e difícil de respirar. O cheiro de insanidade e aflição era quase palpável, e isso trouxe um sorriso de satisfação aos seus lábios.

Os olhos de Drácula brilharam na penumbra quando ele finalmente avistou o pavilhão central, onde o filósofo estava confinado. Uma estrutura sólida, de aparência quase monástica, com janelas altas e estreitas que dificultavam o contato com o mundo exterior. A curiosidade em seu peito se intensificou. Quem seria aquele homem que havia criado pensamentos tão profundos e perturbadores? Será que ele seria a chave para quebrar o ciclo de tédio e repetição que havia consumido sua existência por séculos?

Ele desceu lentamente, pousando no pavilhão central da clínica. O vento sibilava ao redor de sua figura espectral, e ele sentiu a vibração do lugar, como se a própria construção estivesse viva, pulsando com as emoções de seus habitantes. No entanto, ele não estava ali para se alimentar daquela miséria humana. Sua fome, agora, era de outra natureza. Observou por mais alguns minutos, estudando cada detalhe do edifício, antes de se erguer novamente no ar.

V: A Segunda Caçada Noturna

Antes de retornar para sua nova morada, Drácula flutuou pelos céus da Basileia, contemplando a noite que o envolvia. Seria adequado, pensou, apresentar-se diante do filósofo com o espírito fortalecido, pleno. O sangue correndo fresco em suas veias lhe daria clareza mental e força, atributos essenciais para o encontro que ele tanto aguardava.

Ele desceu novamente, silencioso como a brisa noturna, à procura de uma presa. Suas asas se retraíram, e ele tomou a forma de uma figura alta e imponente, caminhando pelas sombras. Suas narinas se dilataram levemente, como um predador que sente o cheiro de uma presa ao seu redor. As ruas estavam vazias, exceto por algumas figuras apressadas que desapareciam pelas esquinas, e por um momento, Drácula pensou que teria que esperar até a noite seguinte para se alimentar.

Foi então que a viu. Uma mulher, de cerca de trinta anos, andava apressada pelas ruas estreitas. Seu rosto estava marcado por lágrimas, e seus olhos pareciam perdidos em uma dor profunda. Chorava em silêncio. Drácula a observou por um instante, sentindo sua angústia no ar. Havia algo de atraente naquela dor silenciosa, naquela solidão. Ele percebeu que ela acabara de ser abandonada pelo amante; a angústia em seu coração era palpável. Seu rosto estava ruborizado pelo choro, as bochechas vermelhas, infladas de emoção, que faziam lembrar a inesquecível cor do sangue. O conde sentiu sua sede despertar ao observar aquele fluxo vital sob a pele fina da mulher. Ele a seguiu à distância, suas pegadas não emitindo som algum no chão empedrado, caminhando como se levitasse.

A mulher virou por uma rua deserta, os ombros encolhidos pelo frio e pela tristeza. Drácula acelerou seu passo, e antes que ela pudesse perceber, ele estava atrás dela. Seu toque foi tão suave quanto uma brisa, e quando a abraçou por trás, a mulher, atordoada pela surpresa, em um momento de ilusão, acreditou que quem a abraçava era o seu amante que, arrependido, voltava aos seus braços. Ela soltou um suspiro fraco, entregando-se àquele abraço. O conde inclinou a cabeça, aproximando seus lábios do pescoço exposto, enquanto seus dentes penetravam na carne macia. O gosto quente do sangue inundou sua boca, e por um breve momento, o mundo ao redor pareceu adquirir sentido renovado. A paixão que fervia no sangue da mulher parece ter revigorado o espírito do conde, inflando-o de uma euforia como há muito ele não sentia. O sangue trazia não apenas a vitalidade dela, mas também as fortes emoções que a haviam envolvido. Drácula saboreou cada gota, não apenas como um alimento, mas como uma conexão momentânea com a alma dilacerada que ele consumia. A dor, ele sabia, sempre dava um sabor especial ao sangue.

A mulher, ao sentir seu sangue se esvair, debateu-se levemente, mas logo caiu em um torpor, soltando um último suspiro enquanto os olhos se fechavam suavemente, envoltos pelo abraço do conde. Quando terminou, ele deixou-a sentada, encostada contra a parede, com a cabeça pendendo para o lado, como se estivesse dormindo. Drácula limpou os lábios, sentindo-se revigorado, o espírito novamente pulsando com força. Estava pronto agora. Com o sangue renovando sua energia, ele ergueu os olhos para a lua, satisfeito com o banquete. O encontro com o filósofo seria grandioso e quando o momento chegasse, ele estaria preparado – não apenas com o corpo fortalecido, mas com a mente alerta e ávida.

Pela manhã, ao nascer do sol, transeuntes avistaram a mulher caída no chão e tentaram erguê-la. No entanto, ela estava transformada. Assim que sentiu suas energias voltarem, tentou atacar os homens que a levantavam, cravando as unhas em um deles e tentando mordê-los, como se possuísse a fúria de uma besta selvagem. Foram necessários quatro homens para contê-la. Os relatos registrados em seu prontuário faziam crer que ela havia sofrido um colapso mental devido à separação inesperada de seu amante e, assim, ela se tornou mais uma paciente da clínica onde o filósofo repousava.

Em sua nova casa, o conde chamou novamente seu servo.

— Zoltán, murmurou o conde ao retornar à casa, após ler algumas páginas do livro que segurava firmemente, — Amanhã visitarei o filósofo.

Após muitos anos, Drácula estava novamente ansioso para descobrir se aquele homem recluso iria iluminar ou intensificar ainda mais a escuridão que envolvia sua alma.

Vi: O Encontro Com O Filósofo

N a quietude da madrugada, enquanto a clínica tentava adormecer, ocasionalmente interrompida por gritos histéricos de pacientes, uma figura alta e imponente deslizava pelos corredores, como uma sombra viva. As paredes grossas abafavam os gritos e lamentos distantes dos pacientes. O ar parecia pesado, carregado de tormento. Drácula deslizava pelos corredores estreitos em um andar fluido e silencioso.

Finalmente, ele chegou ao quarto onde o filósofo estava confinado. A porta rangeu suavemente quando ele a empurrou, revelando uma cena de desolação. No canto da pequena cama de ferro, lençóis amassados e jogados ao chão. O homem, de cabelos desgrenhados, bigodes espessos, olhos arregalados e crispados de veias vermelhas, estava encolhido em uma posição fetal, os joelhos puxados contra o peito. Havia uma tensão em seu corpo, como de alguém que sofrera um duro castigo. Ele não dormia há três noites, talvez mais. Seus olhos estavam perdidos em algum ponto no vazio. A mente, sobrecarregada por pensamentos que se amontoavam sem ordem, resistia em dormir, como se lutasse contra a escuridão.

Drácula, com seu manto negro esvoaçando levemente ao caminhar, aproximou-se devagar. Seu olhar estudava o filósofo com interesse, uma curiosidade que ele não sentia há séculos. Ele sentou-se em um pequeno banco ao lado da cama, observando a figura daquele homem cuja mente, segundo diziam, havia criado um pensamento tão profundo e perturbador que o levara à loucura.

— Caro filósofo, — Drácula falou, com uma voz penetrante. — Não há paz para a sua mente inquieta, assim como não há descanso para a minha alma amaldiçoada.

O filósofo moveu-se levemente, sem responder, como se percebesse a presença de algo que, no entanto, não conseguia enxergar. Seus olhos vazios não registravam a presença do conde, ainda imersos no turbilhão de pensamentos que o atormentavam. Mesmo assim, deu sinais de que havia escutado o chamado. Drácula continuou:

— Sei o que é viver prisioneiro do tempo. Noite após

noite, saio em busca de sangue, sempre o mesmo ciclo. As presas mudam, os rostos se renovam, mas para mim, tudo se repete. Caçadas que antes me excitavam agora me preenchem com um tédio insuportável. Sou uma criatura que sobrevive à eternidade, e, no entanto, essa eternidade não tem sentido.

Os olhos do filósofo finalmente se moveram, focando vagamente na figura imponente ao seu lado. Sua voz saiu baixa e rouca, como um sussurro vindo de um poço profundo:

— A repetição... O eterno retorno...

Drácula inclinou-se levemente, atento.

— Você já ouviu essa ideia, não é? — continuou o filósofo, sem realmente olhar para ele, mas falando como se estivesse em um monólogo interminável. — A ideia de que tudo se repete, que cada ato, cada dor, cada alegria, cada escolha... tudo será repetido, para sempre. Um ciclo sem fim. Não há escape... — Ele soltou uma risada franca, que parecia uma mistura de céu e inferno. — Imagine, reviver cada uma de suas caçadas, não apenas em sua memória, mas infinitamente... Um retorno eterno ao mesmo ponto, sem nenhum progresso, sem alívio, sem mudança.

Drácula sentiu um frio diferente do que estava acostumado. A ideia tocou algo profundo dentro dele. Ele, que vivera por séculos, em uma rotina interminável de noites de sangue, viu-se diante de uma imagem que o perturbou. E se a eternidade, que já era vazia, não fosse apenas uma linha infinita, mas um ciclo fechado, que o obrigaria a repetir suas ações para sempre? Como ele poderia escapar de tal destino?

— Não é isso o que já faço? — murmurou o conde, mais para si mesmo. — Cada noite, caço, sacio minha sede..., mas estou sempre voltando ao mesmo ponto. Vivo essa eternidade, e agora você me diz que estou condenado a repeti-la? Que não há fim?

O filósofo riu de novo, um riso sarcástico e cruel, e o riso foi sentido pelo conde como uma pancada no fígado.

— Não há fim, Conde. Para você, para mim, para todos nós. Tudo o que fazemos... será feito novamente. O ciclo se fecha sobre nós. Não há um sentido maior, apenas a repetição. Você está condenado a viver uma eternidade de repetições intermináveis.

Drácula engoliu em seco, sentindo uma angústia crescente se apoderar dele. A perspectiva de uma eternidade repetitiva, um círculo em que ele nunca escaparia de sua própria fome e tédio, o encheu de uma espécie de horror que ele não conhecia. Seu corpo podia ser imortal, mas e sua mente? Quanto tempo mais poderia suportar essa repetição, agora intensificada pela ideia do eterno retorno? Tornar-se consciente dessa repetição eterna o encheu de pavor.

Ele se afastou do filósofo, os olhos fixos em um ponto distante no quarto escuro.

— Então, estou preso. Não apenas ao tempo, mas a mim mesmo. Cada noite será como a anterior, e as que virão serão apenas ecos, repetições infindáveis do que já fiz?

O filósofo não respondeu, apenas fechou os olhos, como se também estivesse se afogando naquele mesmo ciclo de desespero. Drácula se moveu para a janela, sentindo o peso daquela ideia o pressionando. Ele havia imaginado que o encontro com o filósofo lhe traria respostas, talvez até sentido, mas tudo o que encontrou foi mais uma confirmação de sua própria prisão, uma prisão que agora parecia mais apertada e sem saída do que nunca.

Vii: A Angústia De Drácula

Drácula permaneceu parado por um momento, à beira da janela, a mente abalada pela conversa com o filósofo. A escuridão da madrugada lá fora parecia mais sombria agora, com um peso que ele ainda não havia sentido em sua longa existência. Ele olhou para o homem encolhido na cama, e por um instante, a sombra da compaixão passou por sua mente. Não a compaixão comum, de quem sente piedade por outro, mas a compaixão por si mesmo, pois via seu destino mais insuportável do que a morte mais atroz.

Antes de partir, Drácula se aproximou mais uma vez do filósofo, cuja respiração pesada e difícil era como o rosnar de um cão à beira da morte, e disse:

— Eu voltarei, — disse ele suavemente. — Há mais em sua mente que preciso compreender. Mesmo que o preço seja a própria insanidade.

O filósofo não respondeu, mas um leve estremecimento percorreu seu corpo, um calafrio que o gelou, como se tivesse sentido um pouco da agonia daquele visitante. E então, Drácula se transformou novamente em sombra, esvoaçando pela janela e desaparecendo na noite.

Ele voou rápido, em um voo desesperado e

alucinado, o frio entrando em sua pele como espinhos envenenados. Mas, apesar da velocidade com que retornava para sua nova morada, uma pesada nuvem de pensamentos o acompanhava, obscurecendo sua mente. Ao atravessar a noite, ele não mais se sentia o predador altivo, o ser que dominava os mortais. Agora, ele se sentia caçado – não por um animal ou por homens, mas por uma ideia, um pensamento perturbador, que se enraizava em seu ser e o envenenava lentamente.

Ao chegar em casa, Drácula entrou pelas janelas altas, e pousou com suavidade no chão de pedra. Seu manto negro, agora mais pesado, parecia arrastar-se como um fardo ao redor de seu corpo. Ele caminhou até o centro do salão, onde uma única vela bruxuleava na mesa. Ao se aproximar, fitou o livro do filósofo, o mesmo que o levara até aquele encontro. Seus dedos tocaram a capa com cuidado, mas agora, não com a mesma excitação que sentira antes.

— Agora compreendo por que esse homem enlouqueceu, — murmurou Drácula, para si mesmo, sua voz cortando o silêncio em um tom sombrio.

Ele passou a mão pelos cabelos, sentindo pela primeira vez em séculos um tremor de angústia mais forte do que pensava ser capaz de suportar. A eternidade, que até então havia sido um fardo pesado, mas suportável, agora se revelava como uma prisão inexpugnável, muito mais cruel do que ele havia imaginado. O ciclo implacável do eterno retorno esmagava qualquer esperança de escape, qualquer ilusão de fuga ou de solução.

— Tudo se repete, disse para si mesmo, seus olhos vermelhos se fixando no vazio. — Não importa quantas vezes eu me alimente, não importa quantas vítimas eu tome... Estarei sempre retornando à mesma fome, à mesma noite, às mesmas vítimas.

Pela primeira vez, ele se deu conta de que não era o mestre da eternidade. Era seu prisioneiro. A imortalidade, que outrora parecia um privilégio, agora se tornava uma maldição maior do que ele podia suportar. Havia uma angústia que brotava dentro dele, uma ansiedade sufocante.

Ele pensou no filósofo novamente, na mente perturbada que havia criado tal visão.

— Mas o que mais ele pensou? O desejo de entender tomou conta de Drácula, como se a própria resposta pudesse libertá-lo de algum modo. — Tenho que saber. Mesmo que enlouqueça como ele.

Essa ideia era perturbadora. Drácula, que sempre fora o ser mais controlado, agora se via à beira do mesmo abismo de insanidade no qual o filósofo havia caído.

— E se ele estiver certo? O pensamento insistente ecoava em sua mente, cada vez mais forte. — E se não há escapatória? E se cada noite, cada escolha, cada morte que eu cause... tudo já tiver acontecido, e irá acontecer de novo, para sempre?

A eternidade pareceu ainda mais vazia do que antes. O peso do infinito o oprimia, comprimindo sua existência em uma repetição interminável. Mas, ao mesmo tempo, ele sentiu uma necessidade incontrolável de voltar àquele homem.

— Mesmo que eu perca a razão, devo saber. Não há mais como voltar atrás.

Torturado por ideias que vinham sem que pudesse controlá-las, ele percebeu que o risco de enlouquecer era real. No entanto, a ideia de cair na loucura talvez fosse um alívio – um escape, ainda que ilusório, da prisão do tempo. Se o preço da compreensão fosse a loucura, ele estava disposto a pagá-lo. Afinal, o que é a sanidade diante de uma eternidade que se repete sem fim?

O conde olhou novamente para o livro sobre a mesa, com uma expressão que misturava fascínio e temor.

— O que mais há por trás desses pensamentos? — sussurrou ele, como se falasse diretamente ao livro. — Vou descobrir... Mesmo que custe minha alma, se é que ainda me resta uma.

Ele fechou os olhos por um momento, e o silêncio da casa o envolveu. No entanto, agora, o silêncio não era um aliado, mas um lembrete da repetição que o aguardava. Um ciclo que ele jamais poderia quebrar.

Havia apenas uma certeza em sua mente: ele retornaria àquele filósofo. E, de algum modo, encontraria as respostas que buscava, ainda que elas o conduzissem diretamente à loucura.

Viii: A Futilidade Do Prazer

Enquanto Drácula sobrevoava as ruas silenciosas da Basileia, suas asas negras cortavam o ar frio da noite como sombras fugidias. A cidade, banhada pela luz da lua, parecia distante de sua alma atormentada.

Em sua contemplação sombria, avistou um casal

em um pequeno beco, entregando-se ao prazer carnal, alheios à sua observação. A cena era animalesca, quase brutal, os corpos entrelaçados em uma busca de prazer nunca plenamente alcançado. Gemidos revelavam anseios insaciáveis que tentavam encontrar vazão nos músculos contraídos, nas mãos agarrando com força a carne. As bocas, ao invés de beijos, pareciam morder os lábios um ao outro. Saliva e suor se misturavam; as unhas da mulher, pintadas de vermelho, arranhavam as costas do homem como se quisesse dilacerar sua carne, até que em uma estocada profunda a mulher recebeu o sêmen quente em seu interior e soltou um grito de prazer que ecoou acima dos telhados das casas.

Os corpos estavam exaustos, mas sem se sentirem plenamente satisfeitos. A mulher, temerosa de ter sido vista entregando-se a outro homem que não seu marido, sentia o peso da culpa, enquanto o homem, consciente de que jamais voltaria a procurá-la, a rechaçaria pela leviandade de se entregar tão facilmente, pertencendo a outro homem.

Por um momento, Drácula hesitou. O que era aquele ato, senão uma pequena distração fútil na vastidão da miséria da vida? A entrega ao desejo, à carne, parecia-lhe uma ilusão passageira, um frágil alicerce contra a realidade do sofrimento que todos compartilhavam. Ele se sentiu distante daquela experiência, como um espectador de um espetáculo que não lhe dizia respeito.

— Que futilidade! — Murmurou para si mesmo, os olhos vermelhos fixos na cena abaixo. O ato do casal ainda ressoava em sua mente.

Para ele, cada ato da paixão era um lembrete da dor de sua própria solidão e sentia vontade de amaldiçoá-los.

Com um movimento desdenhoso, afastou-se, deixando o casal para trás, como se fosse um fragmento de um mundo que lhe causasse repulsa.

A clínica o aguardava, onde suas questões sem respostas e sua busca por significado aguardavam uma solução.

Ix: A Serpente Do Desespero

Antes de entrar no quarto do filósofo, o conde se permitiu um momento de introspecção profunda, um mergulho nas profundezas da sua própria existência. A dor psíquica que o acompanhava era quase insustentável, como uma sombra que se alimentava de sua própria essência.

Enquanto caminhava pela sala escura da clínica, suas garras afiadas tocavam de leve o frio da parede, e sua mente girava como um redemoinho de angústia. Ele olhou para suas mãos repletas de marcas de um tempo que se estendia infinitamente. A natureza que outrora o tornara um ser temido e reverenciado agora o constrangia a um ciclo interminável de fúria e solidão. O vazio que preenchia seu ser era como um grito sem que alguém pudesse ouvi-lo, uma busca desesperada por algo que pudesse saciar sua sede de significado. A repetição de sua vida era uma tortura, uma dança em que ele era tanto o dançarino quanto o espectador, preso em uma rotina que o deixava cada vez mais vazio. Como poderia continuar a existir sem um propósito?

A dor psíquica pulsava em seu interior, quase física, como se cada batida de seu coração fosse um lembrete cruel de sua condição. Ele se viu atormentado por visões de sua vida anterior, daquelas de quando ainda era um homem — repleta de amor, de paixão, de sonhos não consumados. Um arrepio percorreu sua espinha ao imaginar o que poderia ter sido, se apenas tivesse seguido outro caminho. O conde sentiu-se no limite. A crise atingiu um ponto crítico. Era uma dor tão intensa que ele questionou sua existência, a própria criação. Ele ponderou sobre o bem e o mal, e lutou contra a avalanche de pensamentos que invadiam sua mente.

O que era o bem, senão uma construção frágil, uma convenção humana destinada a controlar a selvageria de uma vida essencialmente brutal? Ele, que para alguns era a encarnação do mal, também era um produto de um mundo que não poupava ninguém de sua crueldade. O que as pessoas viam como monstruosidade era, em sua essência, uma luta pela sobrevivência em um universo indiferente.

— Maldita existência! Esbravejou, consigo mesmo.

A ideia de que o bem e o mal pudessem ser categorias absolutas o deixava indiferente. Como poderia alguém ser responsável pelo mal em um mundo onde todos eram, de certa forma, vítimas e algozes? Ele olhou para suas garras, passou os dedos em seus caninos, pensando que elas eram apenas ferramentas de um ser que buscava aquilo que lhe cabia na ordem da criação. O desejo de se alimentar era um impulso primitivo, a fome uma necessidade imperiosa. Não seriam as criaturas que ele caçava vítimas de suas próprias fraquezas? A busca por jovens com sangue quente era tão natural para ele quanto a caçada de um felino por uma zebra ou um javali.

E, no entanto, ele se perguntava: até que ponto essa busca insaciável poderia ser justificada? Cada gota de sangue que derramava parecia reforçar a ideia de que sua existência era uma maldição, um ciclo vicioso de dor e solidão. E foi nesse momento, à beira do abismo de sua consciência, que ele se aproximou do filósofo e com um gesto carregado de angústia, perguntou:

— Como posso encontrar um sentido para a minha existência? Estou condenado a repetir meus dias como uma pedra que rola montanha abaixo, sem propósito? Nem mesmo Deus poderia me salvar do meu destino?

O filósofo, sem olhar diretamente para aquele espectro, sentindo apenas a sua sombra e o cheiro de sangue que sempre o acompanhava, com uma gargalhada própria dos insanos, revirando os olhos como se buscasse um pouco de luz, responde com um tom de ironia:

— Ainda não o ouviste? Deus está morto! E, se acaso estivesse vivo, não seria capaz de salvar nem a si mesmo de seu próprio destino. O sentido que procuras não existe; pelo simples fato de que o mundo não tem sentido. Cada um de nossos passos ecoa na solidão de uma existência destituída de significado. O que chamamos de vida é apenas uma sucessão de momentos perdidos em um abismo sem justificativa. Não há propósito a ser alcançado, nem um fim desejável que nos aguarde. Cada busca por significado se revela vã. Estamos condenados a habitar um universo indiferente, onde nossas esperanças e anseios se desfazem em um silêncio ensurdecedor.

Aquelas palavras caíram sobre o conde como uma tempestade de gelo, e a verdade amarga ressoou em sua alma. Ele se sentiu acuado, como se cada parede daquela clínica se aproximasse dele, reduzindo seu espaço para respirar.

O filósofo, percebendo a dificuldade do conde em digerir aquelas ideias e vendo seu sofrimento, virou-se de lado com um desdém de quem despreza os seres fracassados. Em um gesto maníaco, o olhar fixo em um ponto perdido no nada, ele começou a puxar os próprios cabelos, e em voz baixa, disse:

— Nas profundezas do nosso ser habita uma serpente amaldiçoada. Ela se chama "desespero". Se ela escapar, ela irá te devorar.

A visão da serpente fez o conde tremer. Ele viu a serpente do desespero dentro de si, enroscada em seu ser. Sentiu-a movendo-se em seu interior, buscando uma saída, chocando-se contra as paredes que a mantinham aprisionada, desesperada para escapar e devorar aquele que o sustentava. Ela se chocava em trombadas cada vez mais fortes, como se desejasse romper o casulo que a oprimia. Mas, incapaz de romper a barreira, ela inseria suas presas no hospedeiro e injetava um veneno que não matava, mas causava uma dor insuportável, ampliando a angústia e fazendo a mente girar em desespero. A dor era como um martelar incessante que confundia os pensamentos, deixando-o à mercê de um abismo de agonias. Cada picada da serpente instigava um anseio de aniquilação, um desejo de mergulhar na escuridão sem fim, onde não houvesse mais dor, nem lembranças, nem a fúria de uma existência que se mostrava vazia e insuportável.

A imagem da serpente se tornava cada vez mais vívida em sua mente, como se ela estivesse à beira de se libertar, e ele sentia suas escamas frias se arrastando em seu interior, uma presença insidiosa que alimentava suas piores angústias.

Ele se sentia cada vez mais sufocado, enquanto a serpente continuava seu ataque, instigando sua dor, ampliando seu tormento, arrastando-o para uma profundidade onde a única saída parecia ser a completa entrega ao vazio ou à loucura. A angústia se tornava sua única companhia, e em meio a isso, ele se via preso incapaz de encontrar uma saída, incapaz de reconhecer qualquer forma de redenção.

Drácula fechou os olhos, tentando ignorar a dor que o consumia, mas era impossível escapar. O desespero crescia, transformando-se em um grito silencioso dentro dele, clamando por liberdade, por um alívio que nunca viria. Era por isso que ele não suportava ver sua imagem refletida em um espelho, onde cada imagem mostrava um ser perdido, isolado em sua própria noite eterna. Ele havia se tornado um prisioneiro de sua própria natureza.

O filósofo continuava a falar, cada palavra como uma lâmina que fatiava o que restava de esperança, alternando entre verdades e disparates, como um sábio insano. Drácula viu a verdade e a miséria de sua existência, o ciclo interminável de caçadas, a repetição sem fim de sua existência. Ele percebeu que era prisioneiro de sua própria natureza e que a única verdade que restava para ele era que a dor e o vazio nunca se apaziguariam.

X: O Desejo De Retornar

O conde sentiu uma necessidade urgente de partir, como se o ar ao seu redor estivesse se comprimindo, sufocando-o com a intensidade das verdades que acabara de ouvir.

O peso das palavras do filósofo, tão cruas e incisivas, tornara-se insuportável. Ele não queria ouvir mais; o eco de suas reflexões ressoava em sua mente como um tambor insistentemente batendo, lembrando-o de que sua existência era uma maldição.

Enquanto observava o filósofo, o conde sentiu uma onda de compaixão atravessá-lo. O homem diante dele havia suportado inúmeras ideias que marchavam em sua mente como sombras, prontas para devorá-lo. Se apenas duas dessas visões quase haviam enlouquecido a um ser que vivia nas sombras, como aquele filósofo conseguiu lidar com as centenas de outras que dançavam em seu íntimo, como vespas venenosas? Era natural que enlouquecesse; cada ideia trazia consigo possibilidades aterradoras. Ele havia carregado algumas que seriam difíceis de serem suportadas até por um Deus.

Drácula se sentiu pequeno diante daquele homem que, apesar de sua fragilidade, havia olhado a vida com um olhar incisivo, havia olhado para a vida como um abismo e se jogado dentro dele. Com a alma dilacerada, percebeu que havia ultrapassado os limites de sua própria resistência. O desejo de voltar à Transilvânia pulsava dentro dele como um chamado, um anseio por se refugiar em seu castelo, longe das visões inquietantes que o atormentavam. A ideia de voltar à sua terra natal, ao seu lar imortal, oferecia-lhe uma falsa sensação de segurança — mesmo que isso significasse se aprisionar em um tédio eterno.

— Sinto que não posso ficar mais aqui — murmurou para si mesmo. — Mesmo que o círculo do tempo me obrigue a voltar infinitas vezes a esse lugar e a viver tudo isso novamente, nesse momento, não sou capaz de suportá-lo.

Com a imagem da clínica psiquiátrica ainda fresca em sua mente e do filósofo encolhido em um canto com o olhar vazio, Drácula deu ordens para que seu servo transportasse sua bagagem de volta para a Transilvânia e se transformou em uma sombra alada, deixando para trás a bela cidade da Basileia, o filósofo e suas visões inquietantes, enquanto voava de volta, seu coração carregando a angústia de uma eternidade que não prometia nenhum consolo.

Xi. O Crepúsculo Sem Fim

Quatro meses se passaram desde que o filósofo havia sido internado na clínica Friedmatt. Drácula havia retornado para o seu castelo e diminuído a frequência de suas caçadas noturnas. Elisabeth, a irmã do filósofo, ainda lutava contra a incerteza e a dor de não saber como o irmão realmente estava. Durante esse tempo, a distância e o silêncio tornaram-se aliados traiçoeiros, preenchendo sua mente com dúvidas e temores. As notícias eram escassas, e os rumores sobre o estado do irmão pareciam mais sombrios a cada dia que passava.

Ela lia e relia as poucas cartas enviadas pelos médicos, buscando entre as linhas algo que acalmasse sua inquietação, mas as palavras eram formais e vagas, incapazes de oferecer qualquer consolo.

— Seu estado requer cuidados constantes, dizia uma delas, sem detalhar o que isso realmente significava. Elisabeth passava noites em claro, atormentada por imagens do irmão sozinho, perdido em sua própria mente, incapaz de reconhecer sequer a si mesmo.

Mas havia algo mais que a fazia hesitar: o medo de confrontar o que encontraria ao vê-lo. Ela sabia que o irmão era um homem de imensa força intelectual, um gênio que, apesar de suas excentricidades, havia moldado ideias profundas e controversas. A ideia de vê-lo reduzido a uma figura frágil, desconectada da realidade, era algo que ela não sabia se poderia suportar.

Ao mesmo tempo, Elisabeth sentia-se consumida por um sentimento de culpa.

— Como posso, sendo sua irmã, permanecer tão distante em um momento como este?

O dilema corroía sua alma. Por dias, ela buscou desculpas para sua demora: a viagem era longa, as responsabilidades em casa eram muitas, e, no fundo, ela temia ser julgada pelos outros por não ter ido antes.

Finalmente, a coragem a levou a atravessar os portões da clínica, o coração batia acelerado. A lembrança de suas últimas conversas, o brilho nos olhos que ele costumava trazer e suas ideias vibrantes, contrastava fortemente com a imagem que agora preenchia sua mente: um homem aprisionado em um mundo de sombras. Ao entrar no consultório do médico, Elisabeth sentiu uma onda de ansiedade tomar conta de seu corpo.

— Elisabeth — cumprimentou o médico, seu tom grave trazendo à tona um pressentimento de que as notícias não seriam boas. — Agradeço por vir.

Ela respirou fundo, como se buscasse forças para resistir ao que temia ouvir.

— Como está meu irmão? — Indagou, a voz

insegura.

— Infelizmente, não tenho boas notícias. A saúde mental dele parece estar se deteriorando a cada dia. Ele tem relatado que recebe visitas noturnas de figuras espectrais, encarnações do mal que lhe pedem conselho.

Elisabeth sentiu o chão se abrir sob seus pés.

— Visões? Encarnações do mal? Pedem-lhe conselho? O que ele diz sobre elas?

— Ele não as teme, ao contrário, as despreza, ri delas — respondeu o médico, a voz carregada de pesar. — Afirma que são seres fracassados, que são fracos, incapazes de suportar o próprio destino. São visões, alucinações, mas imensamente reais para ele.

As lágrimas se formaram nos olhos de Elisabeth. A imagem do irmão, tão cheio de ideias brilhantes, agora aprisionado em uma batalha interna, com a mente delirante a deixava atordoada, sem rumo.

— E o que pode ser feito? O que podemos fazer por ele?

— O único tratamento viável neste momento é o descanso — disse o médico com os olhos baixos, anotando algo em uma folha em branco, evitando o olhar dela. — Ele precisa se afastar das ideias que o arrastaram para esse estado mórbido. O ambiente aqui pode proporcionar a tranquilidade que ele necessita.

— Mas como podemos interromper o fluxo de pensamentos que o consomem? — Ela perguntou, com a voz entrecortada pela emoção. — Ele deve estar em uma condição que o torna incapaz de fazê-lo.

O médico assentiu, confirmando a verdade de suas

palavras.

— Uma alternativa seria considerar um período maior na clínica. Um afastamento mais prolongado poderia ajudar. Temos alguns medicamentos que podem auxiliar na recuperação dele: *stramonium*, é indicado para controlar as alucinações; *ignatia amara*, para tristeza profunda; *belladonna*, para os momentos de agitação e irritabilidade; *aconitum napellus*, para quando ocorrer ataques súbitos de pânico, *nux vomica*, para insônia. O importante é mantê-lo estável e descansado e trazê-lo de volta a nossa realidade.

Elisabeth sentiu uma sensação de impotência, misturada com desespero.

— Não! Eu não posso deixá-lo aqui! Dê-me a prescrição desses medicamentos, pretendo levar meu irmão para viver perto de mim, eu mesma cuidarei dele. Desculpe-me doutor, mas esse local mal arejado, cercado de alienados, vai piorar ainda mais a situação dele. Ele precisa respirar ar puro, ar das montanhas.

A determinação dela surpreendeu o médico, mas ele não pôde ignorar as preocupações que sua decisão suscitava.

— É uma decisão arriscada, Elisabeth. Ele não tem mais controle sobre os próprios pensamentos. Não sabemos como o estado dele pode evoluir. Não temos certeza de que é seguro retirá-lo da clínica nesse momento. Contudo, se você está decidida, não posso impedi-la. Mas, por favor, mantenha a mente aberta sobre a possibilidade de que pode precisar de ajuda a qualquer momento. Nós estaremos aqui se você precisar.

Enquanto deixava o consultório, Elisabeth sentiu

uma mistura de esperança e temor. O peso da responsabilidade se instalou em seus ombros. Determinada, ela caminhou em direção ao quarto do irmão, sem saber se teria forças para lutar contra as sombras que ameaçavam consumi-lo.

Ao entrar no quarto, a luz fraca da tarde filtrada pelas cortinas realçava uma atmosfera carregada de uma tristeza silenciosa. A sombra de um cabide de roupas projetada na superfície da parede, reproduzia a imagem de uma imensa serpente que se debruçava sobre o filósofo encolhido em um canto, como se ela estivesse prestes a devorá-lo. A visão a fez estremecer e suas pernas bambearam.. Elisabeth se sentiu sem forças para lutar contra aquela sombra, muitas vezes maior do que ela e seu irmão.

BOM MESTRE, MELHOR ALUNO

E m uma parte da África intocada pelas mãos dos homens, o vento soprava com tal força que obrigava algumas árvores a deitarem e tocarem o chão. Nesse domínio selvagem, reinava um leão temido por todos os animais, conhecido tanto por sua força quanto por sua impaciência. Entre seus súditos vivia um antílope considerado o mais ágil entre todos os animais e uma tartaruga vagarosa, cuja lentidão parecia fazer o tempo andar mais devagar.

O leão, que há muito desejava devorar o antílope e via nele a possibilidade de uma ótima refeição, buscou uma desculpa para saciar sua fome:

— Você, antílope, é o mais rápido da savana. Se não conseguir ensinar esta tartaruga a correr tão depressa quanto você, ambos irão se deparar com minha fúria.

Preocupado com seu destino, visto que não pretendia virar comida de leão, o antílope começou a treinar incansavelmente a tartaruga. Dia após dia, ele tentava transmitir a arte da velocidade à lenta criatura. Embora a tartaruga tivesse feito progressos, sua lentidão natural a impedia de correr, perdendo em velocidade até mesmo para uma criancinha.

O leão, lambendo os beiços, ansioso por uma farta refeição, soltou um rugido ameaçador que estremeceu a terra:

— O tempo de vocês está acabando. Minha paciência não durará mais do que o fim desta tarde!

Sabendo que a missão era impossível, o antílope decidiu apelar para o bom senso do leão:

— Nobre amigo, veja bem, não é fácil ensinar uma habilidade que nos é inata a quem não a possui. Você, por exemplo, é feroz e tem garras terríveis, mas, sem querer ofendê-lo, pergunto-me se seria capaz de ensinar uma pacata criatura como eu a ser tão feroz quanto você?

O leão, acreditando que estava diante de uma boa oportunidade de deitar suas presas sobre o antílope, respondeu com um pouco de sarcasmo:

— Ora meu caro antílope, para ser feroz como eu, basta rugir com toda a força e saltar sobre a presa com garras e dentes sem dar a ela nenhuma chance de reação. É fácil, posso mostrar-lhe como se deve fazê-lo.

Assim que terminou de falar, o leão saltou sobre o antílope com voracidade. Mas o antílope, já atento às intenções do leão, esquivou-se com agilidade, abaixando-se rapidamente e deixando o predador atingir apenas o vazio.

O antílope, então, falou com reverência:

— Não sabia que vossa majestade também era versada na arte de ensinar. Bom mestre, melhor aluno! Se me permite, gostaria de demonstrar a eficiência de seu método, mostrando como bem aprendi a lição. Dê-me apenas alguns segundos para que eu possa me preparar. Peço que se vire por um momento, pois seu olhar intimidador poderia me constranger e, assim, impedir-me de demonstrá-lo adequadamente.

Convencido de sua superioridade e curioso sobre o que o antílope pretendia lhe mostrar, o leão se virou. Nesse instante, o antílope, abaixando seus chifres, correu com toda sua velocidade e, numa trombada fulminante, acertou o leão com uma chifrada tão poderosa que seus chifres atravessaram a espessa pele do predador, perfurando seu coração. O leão tombou.

Com o golpe, o antílope demonstrou uma verdade inesperada: em alguns casos é possível ensinar a outros habilidades que eles não possuem, inclusive podendo o aluno vir a superar o próprio mestre.

OUVINDO LOBOS

A cordava cedo e, ao abrir os olhos, enxergava o mundo como um espaço de criação. Seu ofício era dos mais simples, polir palavras, tecer sentenças, criar conceitos. E, como um artesão meticuloso, sabia que os conceitos tinham múltiplos usos. Por vezes, os utilizava como se fossem um par de botas e saía a explorar o mundo, outras, como um tipo de óculos que permitia ampliar o que o olho via como diminuto ou que só se avistava de muito longe.

Brincava com eles, como um filhote de gato brinca com um novelo de lã. Alguns eram como faróis em meio à bruma; outros, pequenas joias esquecidas na areia, nascidos em dias ensolarados e frutos de uma boa digestão.

Nem todos tinham um parto fácil. Havia aqueles que, para virem ao mundo, exigiam o calor de uma fornalha. Porém, quando nasciam, traziam consigo o brilho suave de uma brasa incandescente e irradiavam calor.

Havia os rebeldes, os mutantes, os teimosos. Os obscuros eram os que exigiam uma paciência maior, um esmero redobrado. Ele os lustrava sem pressa, até que um brilho tênue emergisse de suas sombras. Não raras vezes, deparava-se com alguns que chegavam ao mundo torcidos, desfigurados, com tal feiura que pareciam ter sido maltratados, como se não tivessem pai ou mãe. Tratava-os como esculturas rústicas, de contornos ásperos, à espera de um remate final. Os mais abstratos, frágeis como cristal, eram mantidos em um local seguro, a salvo das fissuras que os fragilizavam.

O que mais o fascinava era vê-los surgir de algo tão inesperado quanto um pensamento distraído. Se, ao nascer, eram imponderáveis, após certo tempo, como que por mágica, adquiririam forma, peso, corpo e vida.

O que falar daqueles que, por sua própria natureza, eram densos e sisudos? Eram como rinocerontes com um espinho na pata que, sem saber como retirá-lo, mantinham um mau humor quase imutável.

Se, durante os dias normais, cuidava de cada um deles para que ficassem limpos e claros, em certas noites, quando a lua parecia uma mulher grávida e os lobos uivavam no alto da montanha, um sentimento de urgência irrompia dentro dele, obrigando-o a abandonar sua criação sobre a mesa e a sair para ouvir os lobos.

Apenas aquele som puro apaziguava a sua mente.

BERNARDO

Por cerca de cinquenta anos vivi na minha fazenda, criamos cinco filhos, e tirei da terra o meu sustento. Vi-os crescer, e os ensinei a lidar com os animais e a trabalhar na terra. Depois, com o tempo, vi-os partir, um por um, para a cidade grande, para a capital, onde o progresso e o barulho das ruas atraíam e retiravam pouco a pouco os homens e as mulheres do campo. Eu e minha mulher, Judite, ficamos, sempre juntos, sempre companheiros; ela, a mulher mais perfeita que poderia existir.

Lucinha, a nossa filha mais velha, foi a primeira a se casar e nos deu o primeiro neto, Bernardo. Ele era um menino doce, como nenhum outro. Durante as férias escolares, Bernardo costumava vir ficar conosco. Quando ele vinha, parecia que a casa se enchia de vida novamente, como nos velhos tempos. Ele gostava tanto da vida na fazenda que chegava a esquecer que tinha pai e mãe, e nós, Judite e eu, fazíamos o papel de pais e avós ao mesmo tempo. Eu não poderia pedir nada mais do que aquele menino ao meu lado, brincando no galpão, subindo nos pés de manga, com a alegria que só uma criança da roça conhece.

Naqueles dias de 1932, o mundo ainda não tinha

pressa, mas a gente sabia que as coisas estavam mudando. Nas fazendas mais afastadas como a nossa, o progresso parecia uma ainda muito distante. Não tínhamos carros, mas tínhamos dois bons cavalos que puxavam uma charrete que resistia ao tempo e às estradas irregulares, cheias de curvas, pedras e ressaltos. Era uma viagem difícil, mas uma vez por semana, a charrete nos levava até Dom Silvério, a cidade mais próxima, distante uns oito quilômetros daqui.

A cidade era pequena, mas, para nós, era o lugar onde as novidades chegavam. Lá, recebíamos as cartas de Lucinha e dos outros filhos, trocávamos alguns sacos de milho e feijão por mantimentos, e eu me distraía com a pequena agitação do comércio local. Minha mulher fazia questão de comprar as poucas novidades que chegavam na cidade, algumas caixas de fósforo, álcool, sabonetes, um pedaço de tecido colorido para fazer um vestido novo, umas pomadas que prometiam diminuir a dor que ela sentia nas pernas por ficar muitas horas de pé cozinhando ou cuidando da casa. Bernardo adorava ir conosco à cidade. Lá, ficava observando e, às vezes, conversava com os outros meninos. Naquela época, ao lado do fogão de lenha ou sentado na varanda observando o pôr-do-sol entre as montanhas e a revoada de pombos, era ali que Bernardo se sentia em casa. Ele corria livremente e era como se o mundo inteiro se aquietasse por um momento, apenas para ele brincar. Tudo o que importava era o riso daquele menino, que fazia a nossa vida parecer, de novo, cheia de alegria.

O tempo foi passando nas idas e vindas de Bernardo e, sem que déssemos conta, ele já estava com quatorze anos. Não era mais aquele menino travesso que corria pelos campos e subia nas árvores. Ele tinha agora ares de rapazinho, com o corpo mais esguio, os olhos mais sérios, e a postura de quem teria um futuro promissor. Nunca vi menino tão inteligente. Era impressionante como decorava as lições com uma facilidade espantosa. Ele tinha dominado seis preparatórios: latim, francês, português, história, geografia e aritmética. Já tinha feito exame de quatro deles, e estava já bem preparado para os outros.

Na escola, Bernardo se destacava pela sua seriedade e maturidade. Com apenas quatorze anos, ele já figurava como um jovem de prudente reflexão, alguém que parecia ser uma espécie de conselheiro dos colegas. Quando havia algum desentendimento, fosse uma briga entre os rapazes ou um problema mais sério, ele, com uma calma e clareza impressionantes, apaziguava os ânimos, conseguindo fazer com que todos se entendessem e se tornassem mais amigos do que eram antes da confusão. Para os outros estudantes, Bernardo parecia uma criatura com algo de extraordinário, de alguém que teria um futuro fora do normal.

Eu olhava para aquele rapazinho e não podia deixar de me surpreender com a agudeza da sua mente. Os seus olhos grandes e brilhantes refletiam uma inteligência que eu não sabia de onde vinha, mas que me enchia de orgulho. Era como se ele tivesse algo de especial, um brilho que emanava e iluminava todos ao seu redor. A cada dia, parecia mais que ele carregava dentro de si um futuro grandioso.

O momento que mais me marcou foi o dia do seu exame final de português. Aquele dia na rua do imperador, ficou gravado na minha memória para toda a eternidade. O Exmo. Dr. Alberto Cruz de Souza, Doutor em Letras, presidia o ato e estava acompanhado de outros professores, todos atentos ao desempenho dos alunos. Quando Bernardo entrou na sala para realizar seu exame, o que aconteceu foi algo que nenhum de nós imaginava. A forma como ele se expressou, como respondeu as questões com tanta clareza e precisão, deixou todos deslumbrados. O Dr. Alberto, com seus óculos finos e sua postura séria, olhou para Bernardo como se estivesse vendo um fenômeno, e foi impossível não perceber o respeito nos olhos dele. Quando o exame terminou, minha filha Lucinha não pôde conter as lágrimas. Dona Judite, a minha Judite, também chorou, emocionada com aquele espetáculo de inteligência que o nosso querido neto nos proporcionava. Eu, seu avô, sem conseguir esconder a emoção, também senti os olhos se encherem de lágrimas. Não era só o orgulho de avô, era a certeza de que aquele menino tinha algo de raro, um talento que iria sempre surpreender onde quer que fosse.

Bernardo, veio passar mais uma temporada na fazenda conosco. Lucinha, minha filha, veio trazê-lo. Ela, disse-me que o médico havia indicado que o Bernardo passasse uma temporada afastado da cidade para se recuperar de uma tosse que não o largava. Segundo o médico, os ares das montanhas e um pouco de atividade física, fariam bem para ele. Ela, contudo, não pôde ficar. Tinha que retornar à capital para se tratar também. Um problema sério a havia acometido: um inchaço no ventre que surgira de repente, e os médicos temiam que pudesse evoluir para algo mais grave. Um tratamento com medicamentos novos seria tentado antes de tomarem uma decisão mais drástica, como uma cirurgia que poderia até mesmo retirar seu útero. Ela temia mais que tudo a perda do útero pois só tinha Bernardo como filho, e sonhava em dar a ele um irmãozinho ou irmãzinha.

Lucinha estava preocupada com Bernardo também, seu coração de mãe, que eu conhecia tão bem, estava apertado. Já fazia quase um ano que Bernardo estava com aquela tosse, mas Lucinha foi forte, e partiu logo após deixar Bernardo conosco.

A nossa casa estava mais alegre com a presença do Bernardo. Na semana seguinte à sua chegada, notamos uma melhora visível em sua tosse. Ele já estava mais disposto, e até ajudava nas tarefas simples da fazenda. De manhã cedo, antes do sol se levantar, já estava jogando milho para as galinhas. Subia nas árvores, pegava manga, e ia ao curral ver a ordenha das vacas, como se tivesse nascido para aquela vida simples. Apanhava figos para Dona Judite, que fazia doces com eles, e, com isso, o sorriso voltou ao seu rosto.

Bernardo se fortaleceu; suas bochechas, que estavam magras e pálidas, começaram a ficar mais cheinhas, com uma cor rosada que parecia indicar que a saúde dele estava se restabelecendo de verdade. A transformação foi rápida e visível. Quando o olhávamos, as esperanças se renovavam, e o temor que tínhamos ao vê-lo debilitado foi se dissipando.

Eu e Judite agradecemos a Deus todos os dias por sua misericórdia e bondade. O nosso neto estava de volta, e com ele, voltava a alegria que tanto precisávamos. Naqueles dias, quando a noite caía e nos sentávamos à mesa para jantar, era impossível não sentir gratidão. A fazenda, com seu clima ameno e os campos ao redor, parecia ter restaurado a saúde de Bernardo, e com ela, a nossa esperança.

Quase um mês após a chegada de Bernardo, o clima na fazenda aos poucos ia mudando, um ar mais frio começou a soprar por sobre as montanhas. As tardes ainda eram ensolaradas e o canto dos passarinhos parecia ter feito maravilhas pela saúde dele. Para comemorar, decidimos fazer um almoço especial. Convidamos nossos vizinhos mais próximos, os amigos Leocádio e dona Armênia, que conhecíamos de longa data e com quem sempre nos sentíamos em casa. Leocádio era um homem de poucas palavras, mas de grande lealdade, e dona Armênia, com sua alegria contagiante, sempre fazia questão de trazer algum prato diferente quando vinha nos ver.

Além disso, Leocádio e dona Armênia tinham uma netinha adorável que vivia por perto e que estava sempre com eles, Belinha, uma menina de 12 anos, loira como uma espiga de milho ao sol, que tinha o olhar claro e uma coleção de pintinhas no rosto que a tornavam uma garota única. Ela era a alegria em pessoa, e o mais curioso era que, quando ela olhava para o nosso Bernardo, seus olhos brilhavam de admiração. Ela parecia fascinada por tudo o que ele dizia.

Sentei-me com Leocádio, meu velho amigo, e tomamos duas ou três cachaças, como era de costume. Conversamos sobre o clima, sobre as colheitas, e sobre a vida no campo, enquanto fumávamos nosso cigarro de palha. As mulheres, desfrutavam da sobremesa – doce de laranja, feito com a velha receita de família. A cozinha estava impregnada com o aroma doce das laranjas, e a paz daquelas horas se espalhava pelo ambiente, como a calma da fazenda que tanto amávamos.

Enquanto nós, os adultos, conversávamos, Bernardo e Belinha estavam sentados um pouco mais afastados, na sombra de uma árvore, conversando com grande entusiasmo. Belinha olhava para Bernardo com os olhos brilhando de encantamento. Ela, com seu espírito sonhador, parecia imaginar que poderia ser muito feliz se algum dia se casasse com Bernardo. E isso me fez sorrir por dentro. Era o primeiro sinal claro de que o nosso neto estava, de algum modo, tocando o coração de alguém.

Bernardo, com o ar de quem já sabia muito mais do que qualquer menino de sua idade, começou a falar sobre a vida na capital. Ele descrevia as grandes avenidas, o barulho dos bondes, os edifícios imponentes que pareciam tocar o céu. Falou dos teatros, onde os adultos se reuniam à noite para ver peças e apresentações, e das lojas luxuosas onde as mulheres compravam vestidos e tecidos finos, importados da França e da Inglaterra, países tão distantes para nós. Enquanto ele falava, Belinha ouvia com os olhos fixos nele, fascinada. E, assim, o almoço se passou num piscar de olhos.

Após a partida dos nossos amigos, com o som da charrete se afastando pela estrada de terra, a fazenda retomou sua quietude habitual. Bernardo, um tanto cansado pela agitação do dia, encostou-se em uma das redes no alpendre e logo adormeceu. A tranquilidade da tarde, com o som do vento nas árvores e o canto dos passarinhos, parecia ter sido feita para ele descansar. Contudo, meia hora depois, ele acordou com uma sensação estranha. Disse que sentia um pouco de tontura e um pouco de dor de cabeça. Levantou-se da rede e, apressado, foi ao banheiro. Ouvi o som de seu vómito, e não demorou para que ele saísse de lá, um pouco pálido e com um ar de quem não se sentia bem.

A princípio, pensamos que fosse algo simples, talvez uma indisposição causada pela comida, ou mesmo pelo cansaço do dia. Aquelas pequenas indisposições que todos já haviam experimentado na vida, talvez uma indigestão. Os vômitos não pareciam indicar outra coisa. Confiamos no que sabíamos: que as indigestões geralmente não ofereciam perigo, principalmente quando vinham acompanhadas de vômitos ou evacuações. Bernardo foi deitar-se novamente, e logo nos demos conta de que ele estava um pouco quente. A febre, embora baixa, o deixou prostrado pelo resto do dia. À noite, a tosse voltou, mais forte do que antes, e isso, sim, nos deixou preocupados.

Judite não tirou os olhos dele. Durante toda a noite, ficou ao seu lado, amenizando a febre com panos embebidos em álcool. A noite transcorreu de forma tranquila, embora eu e Judite quase não conseguimos dormir. Estávamos atentos, observando cada suspiro de Bernardo, com o coração apertado pela preocupação. Não sabíamos ao certo o que estava acontecendo, mas o que importava naquele momento era que ele se sentisse melhor.

Pela manhã, para nossa surpresa, Bernardo acordou bem-disposto, sem febre e com os olhos brilhando. Levantou-se da cama animado, tomou o café da manhã e quis ir ver a ordenha das vacas. Não permitimos que ele saísse imediatamente. A preocupação ainda estava no ar. Ele se zangou um pouco conosco, demonstrando impaciência. Nem eu, nem Judite, nos sentíamos tranquilos para deixá-lo sair tão cedo. O inverno estava batendo à porta, e o frio das montanhas, com a chegada da estação gelada, costumava trazer um vento forte. Não podíamos permitir que ele se expusesse sem as devidas precauções.

— Somente quando você estiver totalmente recuperado, filho. Disse-lhe com firmeza, mas também com carinho.

Bernardo parecia entender, embora mantivesse o semblante de quem acha que já está bem o suficiente para voltar às suas atividades. O que importava naquele momento era que ele ficasse em casa, descansando, e que se recuperasse por completo.

No almoço, Bernardo comentou sobre Belinha. Ele parecia pensar nela com certa frequência, e falou de como ela tinha olhos de sonhadora, mas que eram olhos muito bonitos. Ele também disse que ela, apesar de magrinha, era quase mulher, algo que me fez sorrir discretamente, pois, mesmo que ainda tivesse apenas doze anos, Belinha estava mesmo começando a despontar os seios e em pouco tempo se tornaria uma mulher.

— Ela sabe escutar muito bem, continuou Bernardo, — e entende as coisas de uma maneira diferente. Quando falamos, ela parece estar sempre atenta.

Eu, de minha parte, concordei com ele. Belinha era uma boa menina, alegre e cheia de vida, e, sem dúvida, despertava algum encantamento em Bernardo. A conversa continuava, até que Judite, com a sua natureza, por vezes, indiscreta, soltou uma observação que fez Bernardo corar imediatamente.

— Eu acho que Belinha tem uma quedinha por você, disse ela com um sorriso brincalhão.

De alguma forma, aquelas palavras acertaram em cheio o coração de Bernardo. Ele ficou visivelmente envergonhado. Seus olhos se desviaram rapidamente, e suas bochechas coraram, mas, ao mesmo tempo, eu podia ver um leve sorriso de satisfação se formando no canto dos seus lábios. Ele gostou de ouvir aquilo. A tímida adolescência estava começando a se misturar com as primeiras emoções de um rapaz que começava a perceber que o mundo era feito também de pequenas descobertas.

Estávamos perto do fogão à lenha, o calor das chamas aquecia o ambiente e trazia uma sensação de aconchego. Eu havia acabado de colher os ovos das galinhas, quando ouvi, de repente, a tosse de Bernardo. Era uma tosse fraca, mas persistente, como a que ele já tivera em dias anteriores. Uma expressão de desconforto lhe tomava o rosto. Coloquei a mão em sua testa, e, pelo calor que senti, soube imediatamente que a febre tinha voltado.

— Bernardo, afasta-se do fogão, você não está muito bem — pedi, com a voz embargada pela preocupação.

Ele se afastou, e não demorou muito para que se deitasse novamente. O estômago parecia revolto, e logo ele vomitou. Dessa vez, não quis comer nada no jantar, o que me fez sentir um peso no peito. A febre estava alta, ele tossia com uma frequência crescente, e, a cada vez que voltava a tossir, mais difícil era interrompê-la. Eu olhava para ele, meu coração apertava, mas não queria me deixar dominar pela ansiedade. Eu queria acreditar que aquilo iria passar, que ele logo estaria melhor.

Por volta das duas da madrugada, Bernardo foi acometido por um frio intenso. Ele tremia como se estivesse congelando por dentro. Então, começou a vomitar novamente, agora com uma violência que me assustava. A tosse, que não dava mais trégua, quase o sufocava, e os suspiros tornaram-se mais frequentes, como se fosse cada vez mais difícil respirar. Eu, impotente, segurei-lhe a mão, mas a dor me cortava, um pressentimento pesado tomava conta de mim. Aquela noite se estendeu como se não tivesse fim. A febre não cedia, e a cada momento que passava, eu sentia que algo de muito grave estava acontecendo. Mesmo pressentindo a gravidade da situação, decidi esperar pelo amanhecer para procurar um médico.

Quando o sol deu os primeiros sinais, às cinco horas, eu não consegui mais ficar parado. Senti que não havia tempo a perder. Peguei o cavalo sem saber exatamente o que fazer. O médico mais próximo, o Dr. Alves, morava a alguns quilômetros de nós, e a estrada estava ainda coberta pela lama das chuvas dos dias anteriores. Mas, mesmo assim, eu parti. Saí sem pensar, sem parar, movido por uma força instintiva de avô desesperado. A viagem foi longa, as forças quase me faltando, mas eu tinha que chegar até ele. Após explicar a situação, o Dr. Alves me seguiu prontamente.

Conseguimos retornar à fazenda por volta das sete da manhã. Quando o doutor entrou na casa, encontramos Bernardo muito pálido, quase sem cor. Seus olhos estavam abertos, mas sem foco. Os lábios entreabertos, e a respiração lenta e pesada. O médico se apressou, tentou de tudo, mas já era tarde. Bernardo resistiu por mais quinze minutos, e então, seu coração cansado e sem forças para continuar aquela luta, parou. Ele não respirava mais, seus olhos se fecharam. Eu o segurava nos meus braços quando ele deu seu último suspiro. Meu Deus! Ele morreu nos meus braços, o meu neto amado, a minha vida, a minha esperança. Ele morreu nos meus braços.

Nesse momento, a dor tomou conta de mim, como um mar que me arrastava sem piedade. A sensação de impotência foi esmagadora. Não soube o que fazer. Não soube reagir a tempo. O remorso passou a me torturar como uma faca afiada cravada em meu peito. Como pude ser tão lerdo? Como pude ignorar os sinais, os avisos do meu próprio coração? Condenava-me, acusava-me de indolência, de frouxidão, de preguiça. O que adiantou todo o amor que eu tinha por ele, se fui incapaz de salvá-lo? De nada serviu o carinho, a dedicação, os cuidados, se, no momento em que ele mais precisou de mim, eu falhei. Fui impotente, não soube pensar com clareza, não consegui vê-lo como ele realmente estava: frágil, em risco, vulnerável àquilo que eu não queria enxergar. Era uma perda que nunca poderia ser reparada. Eu o vi nascer, vi-o crescer, vi-o se tornar o menino maravilhoso que era. Tinha-o nos braços desde o primeiro dia, abracei-o com todo o carinho que um avô pode oferecer. Vi suas primeiras palavras, seus primeiros passos. E agora ele não estava mais aqui. Vi-o lutar contra a morte, vi-o agonizar, com aquele olhar que já não tinha mais a força de antes. No momento final, ele chamou por mim. Ele me chamou, e eu não pude fazer nada.

Por que não fui procurar o médico antes? Por que não fui imediatamente quando a febre voltou, naquela madrugada fria? Por que esperei até a luz do dia, até o sol nascer? Como pude ver meu neto se desfazendo aos poucos e não fazer nada a tempo? Agora esse remorso pesa com uma força esmagadora sobre o meu coração. Ele se foi e eu o vi partir. Não pude dar-lhe o que ele precisava, não pude protegê-lo daquilo que eu temia. Ele foi embora e me deixou com a dor, com o vazio.

Adorado encanto da minha vida, é difícil acreditar que não te verei mais. Que não verei mais aquele sorriso tímido, aquela luz nos olhos quando você falava. Você era o meu orgulho, meu neto amado, e agora, só me resta a sua ausência. O avô que prometeu cuidar de você, que prometeu estar ao seu lado, falhou. E, com isso, a dor de sua partida me rasga de dentro para fora, consumindo-me, deixando-me num abismo de saudade.

UMA MULHER PRUDENTE

Todos têm muitos assuntos do que falar, eu tenho poucos. Minha natureza é de poucas palavras; meus atos, em geral, contidos, nunca espalhafatosos. A discrição e a modéstia têm disso meus conselheiros por décadas e com eles tenho me ajustado e seguido minha vida. Melhor me aconselhar com a razão do que me perder em devaneios, elucubrações e fantasias. Não sou homem instruído, de muitos saberes, conhecedor de assuntos superiores. Se posso falar de algo com propriedade é daquilo que vivi, de minha vida simples, sem grandes pretensões. Se querem que eu lhes conte algo que lhes possa ser útil, o melhor que tenho a contar é daquela pessoa que passou a vida ao meu lado e que, por seu caráter e firmeza, deu-me provas de desprendimento e lealdade com a vida simples que lhe ofereci.

Ela foi, sem dúvida, a melhor das esposas que um homem poderia desejar. Dotada de uma razão lúcida, sempre orientada pela prudência, compensava com sabedoria a falta de instrução formal que não tivera oportunidade de adquirir na juventude. Seu caráter austero não lhe permitia compactuar com aquilo que julgasse injusto ou impróprio, ainda que isso significasse contrariar opiniões ou vontades alheias. Não havia vantagem que a seduzisse, nem temor que a constrangesse a fingir ou aceitar algo que fosse contra os princípios ditados por sua consciência. Por essa razão, não foram poucas as ocasiões em que divergimos, pois, sempre que eu a consultava sobre alguma ideia ou intenção que não estivesse em conformidade com seu modo de pensar, ela não hesitava em me expor suas reservas, mesmo sabendo que isso poderia me desagradar.

Sua dedicação para comigo, embora profunda e sincera, nunca chegou ao ponto de sacrificar suas convicções. Amava-me com uma devoção que jamais se confundia com subserviência; antes, era um amor sólido, erguido sobre o respeito mútuo e o compromisso com a verdade, por mais incômoda que ela pudesse ser em determinados momentos.

No largo período de nossa vida conjugal nunca dispus de recursos bastantes para tratá-la como ela merecia. Sempre resignada e boa, nunca se queixou. Foi esposa dedicada, mãe desvelada até o sacrifício. Deem testemunha as pessoas que a conheceram.

Vou contar-lhes um fato da nossa vida de casados, que mostra a criatura superior a enredos e enganos que era a minha mulher. Certo dia, mudou-se para a nossa rua um casal que logo despertou curiosidade na vizinhança. A esposa, em especial, chamava atenção por sua notável formosura, que parecia envolver não apenas sua aparência, mas também o modo gracioso com que falava e se movia. Era o tipo de mulher que, sem esforço, atraía olhares e suscitava comentários por onde passava.

Como novos vizinhos, não tardamos a estreitar laços de convivência. Não nego que, em pouco tempo, passei a visitar com frequência a casa do casal, atraído pela agradável companhia que ambos proporcionavam. A moça, sempre cordial, parecia me tratar com uma deferência especial, como se minha presença lhe fosse particularmente prazerosa. O marido sempre me recebia como se fosse um irmão, e ela, como se tivéssemos passados a infância juntos, e até dormidos no mesmo berço, tamanha a espontaneidade que demonstrava em minha presença.

Minha esposa, sempre de espírito observador, não demorou a notar o quanto eu me sentia à vontade naquela casa. Contudo, sua discrição a impedia de manifestar qualquer sombra de desconfiança ou ciúme. Quando nos reuníamos em nossa casa, minha mulher tratava a vizinha com uma delicadeza impecável, embora, vez ou outra, eu captasse em seu olhar uma pontada de avaliação cuidadosa, como quem tenta compreender algo que não está evidente à superfície.

Eu mesmo, sendo sincero, confesso que poderia ter havido — se fossemos levianos — entre mim e aquela mulher algo além da simples amizade. Nossas conversas, às vezes longas e quase confidenciais, pareciam indicar que tínhamos uma concordância mútua, uma sintonia na forma de ver a vida e na expectativa de gozá-la sem pressa. E havia também os pequenos gestos, a maneira como ela tocava levemente em meu braço ao rir, ou o brilho em seus olhos quando me dirigia a palavra. Tudo isso, no entanto, era apenas fruto da naturalidade de sua personalidade, nada mais.

Minha esposa era um espírito elevado demais para ceder à tentação de julgamentos apressados. Se desconfiava de algo, não o demonstrava de forma evidente, mas eu sabia que sua atenção estava voltada para cada detalhe. Ainda assim, nunca me dirigiu uma palavra de recriminação. Limitava-se a observar, com aquela serenidade que, em outro tempo, já fora capaz de me fazer sentir vergonha de mim mesmo.

Certo dia, essa moça, cujo nome me abstenho de mencionar devido a delicadeza do tema, proferiu, na presença de um pequeno grupo de conhecidos, palavras que, embora ditas com espontaneidade, trouxeram consigo um peso que não poderia ser ignorado:

— Tenho tanta amizade por ele, dizia ela, referindo-se a mim, que, se para sua felicidade fosse necessário, eu me sacrificaria por ele. Em qualquer situação que exigisse minha presença ou esforço, não hesitaria em atendê-lo. E digo mais: agradá-lo, vê-lo satisfeito, é algo que me daria uma felicidade mais completa do que cuidar de mim mesma.

As palavras, ditas com uma voz calorosa, que parecia tremer ligeiramente de emoção, tiveram um efeito constrangedor. Um silêncio se instaurou no ambiente, e os olhares de todos, incluindo o meu, buscaram refúgio em gestos dispersos, nos copos que segurávamos nas mãos, ou mesmo no chão. Eu não soube, naquele momento, se deveria sorrir em resposta, agradecer de forma descontraída, ou simplesmente ignorar o que fora dito. Tudo parecia carregado de um significado que era ao mesmo tempo lisonjeiro e perigoso.

Foi uma leviandade, sim, da parte dela, mas os insensatos pensaram que havia algo mais: uma espécie de confissão velada, de desejo recôndito, que fazia suas palavras ecoarem com intensidade inusitada. A maneira como seus olhos fixaram os meus ao dizer isso, como se buscasse um entendimento, foi o que mais me inquietou. Quem a ouvisse poderia interpretar suas palavras como uma demonstração de amizade exagerada ou de algo que ia além. Entre os presentes, percebi alguns sorrisos furtivos, olhares de reprovação disfarçada e até mesmo um ou outro semblante carregado de malícia. Todos tentavam absorver o que acabavam de ouvir sem romper a barreira do decoro. Eu, por minha vez, fiquei dividido entre o embaraço e uma sensação de desconforto.

Minha mulher, embora não estivesse presente nessa ocasião, tomou conhecimento do episódio mais tarde. Mas o modo como ela reagiu — sempre sábia, sempre dona de si — foi, mais uma vez, o que iluminou o caminho que eu deveria seguir, como homem e como marido.

Ela me aconselhou que eu me abstivesse de abusar de tão extremada amizade, aliás imprudentemente manifestada. Devia pagar-lhe da mesma forma, isto é, devia dar a essa moça a maior prova de gratidão, sufocando qualquer paixão que pudesse vir a surgir ou que já estivesse despontando, respeitando e zelando pela reputação dela como o dom mais precioso que ela possuía. Acrescentou que julgava prudente que eu não frequentasse tanto a casa dela, principalmente na ausência do marido, como algumas vezes eu havia feito. Que a minha frequência muito assídua seria motivo para comentários e mexericos e que a consequência seria a moça perder a sua reputação; que a mim cabia o dever de proteger e defender essa adorável mulher. Que poderia vir a ter um remorso que me acompanharia até o túmulo, o ser eu o causador da infelicidade daquela que tanto me estimava.

Com uma nobreza de caráter própria das mulheres de espírito elevado, ela acrescentou que, por si mesma, nada perdia, pois compreendia as paixões humanas e sabia perdoar suas fraquezas. Seu cuidado, explicou, era proteger a reputação daquela jovem esposa, ainda inexperiente nas malícias da vida, e que, por imprudência e excesso de espontaneidade, colocava-se em situações de perigo.

Pouco depois, aconteceu um episódio que testou mais uma vez a grandeza de espírito e o discernimento de minha esposa. Eu precisara viajar e me ausentei por alguns dias. Durante minha ausência, uma senhora que residia próximo à casa de nossa amiga – e que, por razões talvez movidas por inveja, nutria antipatia pela moça – foi até a nossa casa e tentou plantar a discórdia.

Com aparente zelo e fingida preocupação, essa vizinha contou à minha esposa uma história ardilosa, acusando nossa adorável amiga de traição e sugerindo que ela mantinha comigo um relacionamento indigno. Sua narrativa, rica em detalhes inventados, que seriam para ela impossíveis de ter tomado conhecimento, era habilmente arquitetada para parecer plausível e capaz de abalar a confiança de um coração menos firme. No entanto, minha esposa, valendo-se de sua sabedoria e autocontrole, conteve qualquer impulso de ciúme ou indignação precipitada. Após ouvir calmamente as acusações, respondeu com palavras que denotavam sua firmeza de caráter:

— O que me relata não passa de ilusão ou má interpretação. Simples aparências não são provas. Além disso, se houvesse qualquer fundamento no que diz, tal comportamento jamais escaparia à vigilância do marido dela ou mesmo à minha. Seriamos ambos os primeiros a saber, pois o malfeito deixa sempre seus rastros e a mentira não vinga entre aqueles que escolheram uma vida sincera.

Ao ouvir tal resposta, a vizinha ficou desconcertada. Admirada pela serenidade e firmeza de minha esposa, exclamou:

— Dona Luiza, como você é digna de grande inveja! Se eu tivesse a metade da sua calma, não teria perdido meus dois maridos.

E retirou-se, parecendo arrependida e envergonhada de sua tentativa de semear discórdia.

Quando regressei da viagem, minha esposa relatou o ocorrido com a serenidade de quem já resolvera a questão. Disse-me que, mais uma vez, tinha razão ao aconselhar-me a limitar minhas visitas à casa de nossa amiga. Perguntei-lhe o que fizera após a conversa com a vizinha, e ela, com sua sabedoria habitual, respondeu:

— Meu objetivo sempre foi preservar a honra dessa moça, pois notei bem a ingenuidade com que lida com as pessoas. Assim que a vizinha saiu, fui com as crianças passar o restante da tarde na casa dela, que tanta amizade tem por ti. Fiz-lhe companhia, mostrei-lhe estima e, no dia seguinte, convidei-a para passar a tarde em nossa casa. Estreitei os laços entre nós para desfazer qualquer julgamento desfavorável que alguém pudesse formar contra ela.

Essa atitude, ao mesmo tempo prudente e generosa, desarmou qualquer insinuação maldosa que ainda pudesse surgir. Contudo, o destino, sempre imprevisível, logo interveio. Algum tempo depois, a moça e o marido sofreram um trágico acidente, ambos falecendo e deixando um único filho, que havia nascido um ano e meio após a sua vinda para a nossa rua. Foi então que surgiram rumores maliciosos, insinuando que a criança seria minha. Mas a própria natureza, sempre zelosa da verdade, encarregou-se de defender a honra dessa moça. O menino, ao crescer, tornou-se o retrato vivo de seu pai, dissipando qualquer dúvida e calando os maledicentes.

Minha esposa, com sua sabedoria inata, foi para mim não apenas uma companheira de vida, mas também uma verdadeira mestra. Sempre guiada pelo senso de justiça e pela força moral, ensinou-me, mais com seus atos do que com palavras, o valor da prudência e da serenidade. Se todas as mulheres aprendessem com ela, estou certo de que prevaleceria entre os casais a paz que nosso Senhor Jesus Cristo nos ensinou e que espera ver reinar entre nós.

QUANDO ELES AINDA ESTAVAM CHEGANDO

Era uma manhã de sábado, no início dos anos 1990, bairro da Tijuca, na cidade mais bonita do mundo. Quem chegasse à janela veria que o dia estava perfeito para pegar uma praia. Na cozinha, o rádio tocava as melhores músicas da MPB. O som da cafeteira, soltando vapor e o aroma inconfundível de café fresco, era um convite para começar bem o dia.

Guto, um adolescente cheio de espinhas e com ares de nerd, sentiu o cheiro do pão de queijo recém-assado no forno e percebeu que os pais já estavam na cozinha, prontos para o café da manhã. Com os cabelos ainda despenteados e os olhos de quem dormiu pouco, ainda assim visivelmente animado, desceu as escadas. Na mesa, seu pai mais folheava do que realmente lia o *Jornal do Brasil*, enquanto a mãe preparava ovos mexidos.

— Bom dia! — Ele disse com um sorriso alegre, puxando uma cadeira.

— Bom dia, rapazinho. Respondeu o pai, abaixando o jornal. — Que olhos são esses? Aposto que ficou a noite toda montando e desmontando o computador novo.

A mãe, trazendo o café para a mesa, riu satisfeita com aquela felicidade doméstica. Colocou a xícara na frente do filho e antes de se sentar, abaixou um pouco o volume do rádio.

— Adivinhou, pai. Na verdade, enquanto instalava alguns programas, fiquei imaginando como será o futuro em um mundo em que os computadores estarão por toda parte.

O pai se ergueu na cadeira, ajeitando a postura que estava um tanto relaxada, mostrando interesse no que o filho havia dito.

— E chegou a alguma conclusão, filho? Aposto que você acabará pensando como eu: é melhor dar um mergulho no mar e ter um livro nas mãos do que passar o dia na frente de um computador. Conta aí, vai.

Guto tomou um gole rápido de café e pousou a xícara na mesa. Ele olhou para os pais, pensando se deveria contar tudo que havia imaginado.

— Pai, isso aí que você falou — ter um livro nas mãos —, no futuro será coisa rara. Vocês sabem, o mundo está mudando muito rapidamente! Lembram-se de como os computadores eram enormes no início? Ocupavam uma sala inteira, depois foram encolhendo e ficando menores, como o meu lá em cima. Essa tendência vai continuar. Em pouco tempo as pessoas vão usar computadores que cabem na palma da mão, que podem ser levados no próprio bolso. Alguns deles serão tão pequenos que poderão ser usados como relógios de pulso, ou até como anéis.

O pai soltou uma risada cética, enquanto a mãe olhava com um misto de curiosidade.

— Um computador do tamanho de um anel? — Perguntou o pai, tentando imaginar. — Você tem uma imaginação fora do comum, filho. Imagine as alianças de casamento do futuro: serão computadores. Deu uma boa risada e pegou um pedaço de torrada.

— Eu sei que parece um pouco distante, mas não deve demorar muito para chegarmos a esse ponto. Eles não serão como os computadores atuais. Serão usados para as mais variadas atividades: para se inteirar das notícias, fazer compras, ver filmes inteiros, conversar com pessoas de todo o mundo. Se você estiver viajando e se perder em uma estrada, ele te mostrará o caminho em um mapa conectado a satélites.

A mãe, intrigada, entrou na conversa.

— Computadores conectados a satélites? Para quê? Para saber onde estamos?

— Isso mesmo, mãe. E mais: nós poderemos conversar com eles, de uma forma tão natural quanto a conversa que estamos tendo agora. Eles serão capazes de entender o que nós falamos e nos responderão como se fossem pessoas de verdade. Poderemos perguntar qualquer coisa para eles. Tipo, se você quiser uma receita para o almoço, não precisará de livro nenhum, basta pedir: quero uma receita de torta de damasco com queijo Brie, e *voilà*. Ele te dará a receita na hora, e ainda te ensinará como prepará-la.

A mãe sorriu, surpresa, imaginando.

—Tudo isso num computador de bolso?

Guto tomou mais um gole de café, pegou uma fatia de queijo, passou um pouco de geleia de jabuticaba e comeu, saboreando com visível prazer.

— Eles diminuirão de tamanho, mas serão muito mais potentes. Mesmo pequenos, eles poderão ter bibliotecas com milhares de livros de nossa preferência, álbuns com fotografias da família, filmes, músicas, conversas com os amigos... tudo num lugar só. Mas isso ainda é só o começo. Eles vão ficar mais inteligentes e nos darão dicas para organizar a vida da gente, irão nos lembrar dos compromissos, farão as listas de compras do mercado.

O pai olhou para ele, interessado, mas com um toque de ceticismo nos olhos.

— E até onde isso vai, Guto? O que mais você acha que esses computadores conseguirão fazer?

— Bom, as possibilidades são quase infinitas, eu nem sei se devo falar. Não quero assustar vocês.

— Vá em frente filho, estamos preparados, não pense que estamos velhos, apesar da cabeça calva, meu espírito continua jovem.

— Os computadores saberão tudo sobre nós: o que fizemos ao longo do dia, as ruas que passamos, com quem conversamos, que jornais nós lemos, nossos gostos, ideias e fraquezas. Eles estarão conectados, trocando informações entre si incessantemente. Não se limitarão a acumular dados; aprenderão com eles. E, como quase todo mundo terá ao menos um computador, eles aprenderão diariamente com bilhões de pessoas, praticamente com todos os habitantes do planeta. Terão acesso a cada descoberta científica, às novas teorias, toda a história da humanidade, conhecerão as obras de literatura, de filosofia e da arte. Usarão tudo o que foi criado pelos homens e cada interação com um humano para aprender continuamente.

Ele fez uma pausa, pensando bem antes de continuar.

— É como se estivessem sempre absorvendo conhecimento, a cada segundo, em todos os cantos do mundo. Saberão tudo sobre todos, como enciclopédias vivas, mas muito além disso. A cada momento, se tornarão mais inteligentes, como se fossem uma mente gigante.

A mãe o olhou um pouco assustada.

— Se isso for verdade, eles vão saber mais sobre nós do que nós mesmos.

Guto assentiu devagar, olhou para a mãe e tentou dar um sorriso.

— Sim, exatamente isso. E eles serão capazes de responder qualquer pergunta que você fizer, sobre qualquer assunto.

O pai de Guto cruzou os braços, pensativo, e balançou a cabeça.

— Coitados dos professores. Imagine como será uma sala de aula com os alunos tendo esses computadores no bolso. Se chegarmos a esse ponto, acredito que a nossa vida mudaria bastante, não é mesmo?

— Claro, pai. Tudo vai mudar. O mundo do trabalho

será uma das coisas que irá mudar. Muito do que fazemos hoje será realizado por esses computadores. Veja, por exemplo, escrever artigos em jornais, como o que você está lendo. No futuro, serão eles, os computadores, que farão isso. Eles entenderão o mundo tão bem que poderão escrever como qualquer especialista, gerando textos automaticamente, sem erros, no estilo que você preferir. Essas máquinas escreverão de forma impecável e, em alguns casos, até melhor que nós. Com o tempo, as pessoas dependerão delas cada vez mais. Dificilmente teremos novamente escritores tão criativos e originais como Guimarães Rosa ou Fernando Pessoa.

Os pais trocaram olhares de espanto, e Guto continuou, mais animado:

— Novas habilidades serão continuamente desenvolvidas. Eles poderão traduzir qualquer frase ou texto para qualquer língua do planeta, dominando toda a informação disponível. Seriam capazes de fazer consultas médicas, dar aconselhamento psicológico, sugerir o melhor argumento para uma ação na justiça e ensinar qualquer coisa que alguém quisesse aprender sobre qualquer assunto. E mais, eles não vão se limitar a simplesmente saber tudo sobre nós. Poderiam criar conhecimentos, compartilhando informações apenas entre eles, em conversas que talvez jamais venhamos a entender ou descobrir.

O pai suspirou, um pouco impressionado.

— Um tipo de conhecimento que os humanos não teriam como saber que eles têm? É, isso sim é assustador.

— E tem muito mais por vir. Aos poucos, todos vão se acostumar a usar esses computadores para tudo.

Primeiro, claro, nas coisas mais simples: organizar o dia, lembrar compromissos, ouvir música, ler notícias, conversar com amigos, jogar, assistir a filmes — deixando para eles as tarefas triviais e mais tediosas. Mas, depois, começaremos a pedir conselhos a eles.

Os pais o observavam com curiosidade, atentos a cada palavra. A mãe de Guto, ficou ainda mais intrigada.

— Como assim, filho, pedir conselho a um computador? Eles vão ter bola de cristal também?

— No começo, faremos perguntas simples, como uma sugestão para um café da manhã especial ou qual seria o melhor cardápio para o fim de semana. Quando alguém for viajar, eles criarão o roteiro perfeito, levando em conta as preferências da pessoa: o que ela gosta de ver, o que prefere fazer — se é praticar esportes, ter contato com a natureza, ou até explorar roteiros gastronômicos. Eles indicariam museus de interesse e até sugeririam quanto tempo passar em cada lugar.

O pai de Guto, intrigado com aquilo tudo, estava impressionado com a imaginação do filho.

— Mas isso até que tem um lado bom, não é filho?

— Tudo pode ter um lado bom, pai. Uma faca pode ser usada para cortar pão ou para ferir alguém. A questão é como você escolhe usá-la. O mesmo acontece com os computadores. Seus usos poderiam ser ilimitados. Eles analisariam nossa personalidade, saberiam nosso nível de instrução, nossos hobbies, cada ato do nosso dia a dia. E quanto mais os utilizássemos, mais eles saberiam sobre nós, sendo capazes de oferecer dicas cada vez mais precisas. Por exemplo, eles criariam listas com as músicas que mais gostamos de ouvir, recomendariam livros que mais nos interessariam e indicariam filmes conforme os nossos gostos. Tudo adaptado ao que cada pessoa realmente deseja ou precisa, antes mesmo dela perceber.

O pai olhou para ele, com um misto de assombro e preocupação.

— Então, estaríamos deixando que esses computadores decidam por nós em praticamente tudo?

Guto balançou a cabeça afirmativamente.

— Exatamente. E é aí que mora o perigo. Aos poucos, sem perceber, vamos deixar nossas escolhas para essas máquinas e deixaremos que elas decidam o que é melhor para nós.

A mãe de Guto, que até então escutava tudo com certa fascinação, levantou-se da cadeira incrédula.

— Ah, mas eu jamais entraria numa dessas, Guto. — Exclamou, com convicção. — Eu sei muito bem o que quero. Nem pense que uma máquina qualquer vai decidir por mim.

Guto sorriu, quase antecipando a reação da mãe.

— Mãe, eu entendo — respondeu ele, com paciência. — Mas o poder de sedução dessas máquinas será tão grande que será quase impossível resistir. Os conselhos delas serão sempre muito bons, melhores até do que qualquer decisão que nós tomaríamos por conta própria. Acabaremos confiando nelas, porque tudo o que recomendarem será exatamente o que mais nos beneficiaria.

A mãe cruzou os braços, lançando um olhar desconfiado.

— Não sei não, explique melhor isso aí.

— Eu vou te dar alguns exemplos mãe. Imagine que você acorda de manhã, e o computador te mostra o melhor vestido para usar naquele dia, levando em conta o clima, o tom da sua pele, as características do seu corpo, o seu humor, e também tudo o que ele sabe sobre as suas preferências. Ou então, ele sugere um corte de cabelo que combinará com seu rosto, que realçará ainda mais a sua beleza, coisas assim.

Ele fez uma pausa e acrescentou:

— E até o perfume que você usa, mãe! Ela saberia qual fragrância agrada mais quem você quer impressionar e lhe diria. Imagina o tanto que isso facilitaria a vida.

A mãe riu, ainda desconfiada.

— Ora, Guto, é o cúmulo! De jeito nenhum eu iria deixar um computador escolher o meu perfume! Computador, por acaso, tem nariz?

— Mas é justamente essa a questão, mãe — respondeu ele. — As pessoas nem perceberiam que estariam entregando essas escolhas. Guto continuou, agora com um tom mais sério, como se estivesse explicando uma inevitabilidade. — No começo, as pessoas vão resistir, claro. Como você está resistindo agora, mãe. Mas, aos poucos, isso vai se espalhar, porque os computadores começarão a dar conselhos em áreas da vida em que realmente sentimos que precisamos de ajuda, que não temos tanto conhecimento. Como, por exemplo, investimentos financeiros. Se você não pedir dicas para eles, vai acabar ganhando muito menos do que aqueles que os consultam todos os dias. E todo mundo sabe como isso funciona, né? Quando alguém se dá bem, a gente quer seguir o mesmo caminho. Então, ao ver um amigo lucrando, quem vai querer ficar para trás?

Ele fez uma pausa, deixando a ideia pairar no ar, e então continuou:

— E não pararia por aí. Os computadores saberiam tudo sobre a gente, até os detalhes mais íntimos. Imagine, por exemplo, se eu quiser conquistar uma nova namorada. Eles saberiam tudo sobre ela: seus gostos, suas preferências, até o que ela não gosta. Poderiam me dar conselhos preciosos sobre como impressioná-la, com dicas do que ela espera ouvir de um homem, como gosta de ser tratada, o que a faz rir, quais presentes ela adoraria ganhar, qual a sobremesa preferida dela, e até como me comportar na frente dos pais dela. Seria quase impossível não confiar nesses conselhos, porque seriam baseados em uma análise perfeita de cada situação.

O pai de Guto suspirou, pensativo.

— Então, a gente ia viver a vida seguindo o que as máquinas indicam, sem sequer perceber?

— Exatamente. No começo, parecerá apenas uma ajuda, algo para facilitar a vida. Mas no final, eles terão o controle sobre muitas das nossas decisões. E a maioria das pessoas nem perceberia que perdeu a liberdade de escolha.

Guto continuou, com uma expressão quase sombria, como se fosse uma previsão imutável do futuro.

— E quem tentasse ficar de fora disso, quem se recusasse a usar essas tecnologias, seria visto como um verdadeiro dinossauro, uma pessoa pré-histórica, desconectada do mundo. Ele ficaria à margem, como alguém estranho, incapaz de se adaptar às mudanças do mundo, preso a um passado que já ficou para trás. Logo, ninguém mais iria querer estar perto de alguém tão "ultrapassado", e passariam a sentir pena dele.

Os pais estavam em silêncio agora, ouvindo cada palavra com mais atenção. Guto prosseguiu, ele mesmo preocupado com a visão que desenhava.

— O pior de tudo é que qualquer um que tentasse criticar essas mudanças de comportamento, não importando se fosse filósofo, sociólogo ou escritor, seria ignorado. Suas críticas seriam ridicularizadas, como se estivessem resistindo a uma evolução natural da humanidade. Apenas um punhado de pessoas — os "esquisitões", talvez os mais velhos ou os naturebas — poderia até tentar alertar para os riscos. Mas seriam apenas vozes isoladas em meio a milhões, e ninguém daria atenção a elas.

O pai de Guto, visivelmente intrigado, fez uma pergunta que parecia sair naturalmente da sequência de pensamento do filho.

— Por que você acha que as pessoas entrariam nessa, Guto? Não é tão fácil cair nessa cilada.

Ele respirou fundo e, com um tom sério, começou a explicar como tudo iria acontecer, aos poucos.

— As pessoas vão se acostumar tanto a consultar os computadores para obter conselhos e dicas que quase tudo o que fizerem passará a depender deles. Por exemplo, antes de sair de casa, a primeira coisa que você faria seria perguntar: vai chover ou vai fazer sol? Ou pedir dicas de saúde para ter uma vida longa, o que comer ao longo do dia para controlar algum problema de saúde, onde tirar férias, com quem viajar, quem convidar para as festas. Até os convites das festas serão feitos por eles. Isso é o básico, mas até as questões mais pessoais, mais íntimas, seriam consultadas. Como, por exemplo, se devo ou não me casar, quando ter filhos, quantos filhos ter, como educá-los, como lidar com o ciúmes, com os medos. Isso não tem fim, pai. Eles saberão tudo, e te darão respostas para suas dúvidas, tudo o que você vai precisar fazer é perguntar. Eles terão uma inteligência tão avançada e saberão tanto sobre nós que acabaríamos dependendo completamente deles.

O pai de Guto tentava acompanhar o raciocínio do filho, enquanto a mãe parecia incomodada com aquelas ideias. Guto, porém, não parou por aí.

— E o pior de tudo, mãe, é que ficaríamos tão acostumados a deixar tudo nas mãos dessas máquinas que, sem elas, sentiríamos uma insegurança, uma ansiedade na hora de tomar nossas próprias decisões. Com o tempo, perderíamos a capacidade de decidir por nós mesmos. Quando precisássemos fazer uma escolha, teríamos mais chances de errar, porque, sem os computadores, simplesmente não saberíamos o que fazer — estaríamos desacostumados a decidir sobre a nossa própria vida.

Guto olhou para os pais com uma expressão grave e continuou.

— E, no final, sentiríamos até alívio quando eles decidissem por nós. Tomar decisões exige reflexão, pensar em vários aspectos, ponderar cada ponto. Isso se tornaria tão desconfortável que acabaríamos desistindo de tentar. Desaprenderíamos a fazer escolhas.

A mãe, agora com um olhar mais desconcertado, ficou em silêncio, refletindo sobre o que o filho acabara de dizer. Visivelmente impactada por tudo o que ele havia dito, respirou fundo e, um pouco horrorizada, exclamou:

— Mas que futuro mais sinistro, filho!

— As coisas são o que são, mãe. Infelizmente, essa história toda não deve parar por aí. O pior ainda está por vir. Quem vocês acham que serão os donos dessas máquinas superinteligentes? Com esse poder todo nas mãos, o que você acha que eles serão capazes de fazer?

Ele fez uma pausa, olhando diretamente para os pais, como se estivesse desafiando-os a imaginar a magnitude do que estava descrevendo.

— Pensem comigo. Com esse poder de influenciar as decisões, eles poderiam manipular a opinião pública e induzir as pessoas a se comportarem da maneira que achassem melhor. Poderiam criar um mundo em que todos seguissem as mesmas opiniões, consumissem os mesmos produtos, comprassem nos mesmos lugares, sem nunca questionar. Eles poderiam fazer as pessoas acreditarem em teorias absurdas, controlar as narrativas e até mudar o rumo de eleições, manipulando de maneira invisível. O mais incontrolável é que, por trás de tudo isso, estariam poucos ricaços, cujas identidades, intenções e manobras, seriam ocultas. Estaríamos todos nas mãos de um punhado de pessoas, que controlariam não apenas as grandes decisões globais, mas também as nossas escolhas mais íntimas, desde o que consumimos aos relacionamentos que cultivamos. O pior é que ninguém saberia quem são esses controladores, onde estão ou o que estão realmente planejando. Estaríamos vivendo em um mundo em que nossas vidas, nossos desejos e até nossas almas estariam sendo comandadas sem sequer percebermos, sem ter um controle real sobre o que acontece ao nosso redor.

Guto pausou por um momento, os olhos brilhando com a intensidade do que acabara de falar, como se ele mesmo estivesse assustado com o que acabara de descrever.

— O pior de tudo é que eles seriam como sombras, movendo as peças por trás de tudo, decidindo o destino de bilhões de pessoas, sem nunca mostrar a cara. E as pessoas nem desconfiariam que estariam sendo manipuladas, porque tudo seria feito de forma tão inteligente, tão natural, que a gente simplesmente aceitaria sem questionar.

A mãe de Guto cruzou os braços, com um olhar decidido e desafiador.

— Pois saiba, Guto, que eu vou sempre decidir que perfume vou usar e quando quiser fazer uma receita para o almoço, vou sempre olhar o caderno da vovó. Nunca vou pedir conselho para essas máquinas.

Guto sorriu levemente, reconhecendo a determinação e a ingenuidade da mãe.

A BICICLETA DE HOFMANN

Havíamos acabado de dar uma bela volta pela estrada próxima ao jardim botânico da universidade, quando paramos para um descanso. Foi nesse instante que percebi: eu tenho uma história para contar. Uma história diferente, ouso dizer – talvez até estranha para alguns de vocês. Afinal, não é todo dia que uma bicicleta decide contar algo aos homens. Isso mesmo, eu sou uma bicicleta. Espero que isso não tenha chocado alguns de vocês. Os humanos são muito suscetíveis a certas revelações, então sei que devo ir com calma. Mas, uma coisa é certa: se eu pudesse mostrar o mundo pela minha perspectiva, tenho certeza de que vocês veriam as coisas de uma maneira completamente nova.

Permitam-me que me apresente um pouco melhor: eu sou a bicicleta do Dr. Albert Hofmann. Alguns de vocês devem estar se perguntando: mas quem é esse Dr. Albert Hofmann? Calma, eu explico. Para ser breve e direta, digamos que ele era um cientista inquieto e curioso. Do tipo que passava horas trancado em seu laboratório, brincando com substâncias, misturando compostos, fazendo análises e anotando fórmulas que, para mim, pareciam rabiscos indecifráveis. Mal sabia ele – e muito menos eu – o quanto uma dessas substâncias mudaria nossas vidas. E para contar minha história, precisarei falar antes sobre uma das substâncias que ele criou e o dia em que, num impulso, decidiu experimentá-la.

Não foi um dia qualquer, e eu também não era uma bicicleta qualquer. Embora não entendesse tudo o que ele fazia em seu laboratório, eu era muito sensível a qualquer mudança de ritmo e movimento. Modéstia à parte, essa sempre foi a minha especialidade. Naquela tarde, ao sentir os pés de Hofmann nos meus pedais, algo me dizia que ele estava um pouco diferente e desconfiei que aquele dia não seria um dia como os outros. Eu já havia ouvido falar de experiências extraordinárias, mas nada poderia ter me preparado para o que estava por vir.

Hofmann tinha criado uma substância de nome estranho, que ele chamava de *lysergsäurediethylamid*. Bem, para entender o que esse nome significa você precisa saber duas coisas: um pouco de alemão e de química. Por algum motivo, essa substância o intrigava, como se ele intuísse que havia algo especial nela, quase único, diferente de qualquer outra coisa conhecida até então. E foi por isso que ele decidiu ingeri-la, mesmo sem saber o que ela poderia causar.

Assim que ele montou em mim e começou a pedalar, senti que havia algo diferente em seus movimentos. O equilíbrio também não parecia o mesmo. Era como se as pernas dele, sempre tão firmes e seguras, hesitassem, vacilassem. As pedaladas estavam descompassadas, quase erráticas, e uma sensação estranha pairava no ar. À medida que os pedais giravam e ganhávamos a estrada, eu sentia que o Dr. Hofmann estava um pouco diferente. Ele olhava ao redor com uma curiosidade intensa, quase infantil, como se estivesse redescobrindo cada detalhe do mundo que sempre conhecera. A cada curva, ele soltava pequenos murmúrios e risadinhas, e, por vezes, eu o ouvia cantarolar canções antigas, músicas que já não escutava há muito tempo. A voz dele, que geralmente era reservada e meticulosa, parecia agora solta, assim como seus olhos, suas pupilas dilatadas, que pareciam querer absorver toda a luz do final da tarde.

E então ele falou comigo – ele sempre falava comigo –, mas dessa vez sua voz estava mais espontânea, como se quisesse me surpreender.

— Ah, minha amiga, que bom estarmos juntos novamente. Que tal darmos uma volta por caminhos novos?

Estranhei o convite porque ele era um homem de hábitos precisos e rotinas rígidas, e naquele momento, inesperadamente, havia decidido se aventurar por trilhas desconhecidas, as quais nunca havia passado. Era como se estivesse em busca de uma experiência nova ou de alguma beleza escondida.

Enquanto seguíamos pelo novo caminho, eu também comecei a me sentir um pouco estranha. Por uma espécie de simbiose, comecei a ver o que ele via e a sentir o mesmo que ele. Tudo começou aos poucos; a intensidade dessas sensações aumentava a cada pedalada: flores que antes pareciam comuns agora pulsavam em tons vermelhos e azuis que vibravam no ar como ondas de calor. O céu, antes plano, parecia se dobrar, e as nuvens ganhavam forma, giravam, transformavam-se em figuras inusitadas, tudo surgindo e se transformando no ritmo veloz dos pensamentos. A expressão de Hofmann era de pura admiração, seus olhos estavam arregalados, como se vissem o mundo por lentes recém polidas. Eu me mantinha atenta e notei o espanto, a maravilha que ele sentia ao ver as formas que pareciam surgir e se transformar num piscar de olhos.

— Estamos todos... conectados, não é? — Ele disse, com um sorriso meio bobo, como se tivesse descoberto algo que ninguém mais sabia. — Tudo é uma coisa só: o tempo, o espaço, a matéria. Estamos sobre uma colcha de retalhos que se dobra sobre outra, de diferente espessura, cor e textura; não há começo nem fim, só transições, realidades que se sobrepõem e que, algumas vezes, se tocam. O tempo é só uma criação da nossa mente. Já pensou nisso, minha amiga?

Ele riu baixo, despreocupado com a lógica, apenas brincando com as ideias e as palavras.

— Olhe para a estrada — continuou falando, apontando vagamente à frente. — Ela quase não tem fim, mas é só um pedaço de reta, uma ínfima fração do infinito. Estamos aqui agora, percorrendo-a, mas ela é apenas um minúsculo ponto em meio a algo imenso, que nos engole, como se tivéssemos dentro da barriga de uma imensa baleia.

Aquilo era apenas o início, o primeiro passo que estávamos dando rumo a uma explosão sensorial que eu nunca poderia ter imaginado. Descrever todas as sensações e visões daquele dia daria um livro, e talvez eu acabasse cansando vocês com tantos detalhes. Então, deixemos isso de lado, por enquanto. Não posso perder o ponto mais importante, o verdadeiro motivo pelo qual resolvi compartilhar essa história com vocês.

Foi naquele instante de clareza que me dei conta do que realmente estava acontecendo. As mãos de Hofmann estavam suadas, seus dedos entrelaçados ao meu guidão, mas havia algo mais. Um cheiro sutil e adocicado impregnava minha pintura, escorrendo pelo metal e penetrando no quadro até as rodas. Aquela estranha substância não estava apenas afetando Hofmann – de algum modo misterioso, eu também estava sendo transformada. O suor de suas mãos havia liberado um resquício da substância que ele ingerira, e ela chegava até a mim, criando uma ponte entre nossas percepções.

A realidade ao meu redor se intensificou, ganhou nova textura e profundidade. A estrada que antes era fria e cinzenta agora cintilava com um brilho transparente quase sobrenatural. As pedras do caminho revelavam formas complexas, como se estivessem à espera de um observador atento. De alguma forma, eu percebia cada detalhe, cada nuance, até mesmo as finas nervuras das folhas ao meu redor. O vento que passava pelas minhas rodas, produzia um som cheio de ritmos, quase uma melodia, que me acalmava. Este som sempre esteve ali, eu apenas nunca havia prestado atenção.

Comecei a ver o mundo pelo que ele era para mim. Como posso dizer? O mundo pelo olhar de uma bicicleta. É isso que eu quero lhes contar. Um universo de movimento e ritmo, um labirinto de rotas e destinos, onde o ato de avançar é mais que uma questão de chegar a algum lugar – é um encontro com o mistério do tempo e do espaço.

Enquanto Hofmann pedalava em meio ao que lhe parecia um sonho, eu vivia algo muito além da minha rotina diária. A minha forma de sentir o mundo havia se amplificado, percebendo algo que costumava ignorar: o mundo estava, de certa forma, vivo; cada partícula possuía uma vibração que a colocava em comunicação com as outras e, de alguma forma, eu também fazia parte daquilo. Senti também a força da gravidade de maneira inédita; a resistência das minhas rodas contra o solo não era mais apenas uma força contrária, mas uma troca – uma forma de interagir com o mundo ao meu redor.

Naquele dia percebi que nós, bicicletas, não somos simples objetos à espera de um par de mãos para nos guiar. Foi, então que uma pergunta emergiu daquelas pedaladas:

— Qual é o nosso lugar neste mundo? Por que estamos aqui, afinal?

Vocês, humanos, com suas mãos cuidadosas, nos limpam, nos preparam e lubrificam nossas correntes. Passam tempo ajustando nossas rodas, verificando nossos freios, como se nossa existência dependesse desses pequenos rituais. Vocês nos levam para passear, giram nossos pedais, nos permitem sentir o vento e o movimento. No entanto, comecei a entender algo que, dito assim, sem uma preparação ou uma nota explicativa, poderia chocar muitos de vocês: os homens existem apenas para permitir que as bicicletas possam estar por aí, circulando pelo mundo e existindo em sua plenitude.

Comecei a enxergar a beleza simples, quase poética, que cada bicicleta possui: a harmonia das linhas cuidadosamente dispostas, desenhadas em ângulos suaves que se unem a dois círculos em um equilíbrio perfeito. Nada é excessivo em nossa forma; todos os elementos coexistem em perfeita proporção. Cada tubo, cada dobra de metal, cada junção – tudo foi criado para proporcionar um prazer aos olhos. A simplicidade de nossa forma nos dá uma leveza única. Somos ágeis, fluidas, cortamos o vento como peixes que sobem vigorosos pelas corredeiras de águas cristalinas, guiados pelo instinto de se reproduzir. Quando nos movemos, tornamo-nos uma extensão da natureza, brincando com a gravidade em um equilíbrio sutil. Superamos obstáculos, sempre à procura do próximo destino, da próxima curva, da próxima aventura. Mesmo imóveis, encostadas em algum canto, completamos a paisagem ao redor, amplificando sua beleza.

Ao refletir sobre isso, percebi que nós, bicicletas, não fomos concebidas apenas pela ação de uma inteligência puramente racional. Não. Vi que somos fruto de uma força mais profunda, originada de um arquétipo imemorial que reside nos humanos, conectada a um campo simbólico em eterno movimento. Foi desse lugar que emergimos.

Quando um humano – seja ele homem, mulher, criança ou idoso – sobe em uma de nós e parte em um passeio, é como se ele se conectasse ao nosso mundo, absorvendo um pouco de tudo aquilo que nós, bicicletas, somos. Devolvemos não só o movimento, mas também uma sensação de liberdade. E, nesse instante, cada ser humano experimenta um pouco do nosso mundo, livre de conflitos e ansiedades. E não é só isso. Quando vocês andam de bicicleta, algo ainda mais profundo acontece. O ritmo constante dos pedais, a brisa no rosto, o movimento harmonioso das rodas – tudo isso traz uma calma que, por um breve momento, apaga as preocupações. Vocês começam a perceber o que sempre esteve ao redor: o som das folhas ao vento, o calor do sol, o murmúrio suave dos pequenos insetos à margem da estrada.

Nossa jornada continuava. Sentíamos um tipo de encantamento difícil de descrever. Seguíamos por caminhos novos quando Hofmann começou a pedalar mais rápido. O vento se intensificou, batendo em seu rosto, e o clima, antes estável, parecia prestes a mudar, como se uma chuva estivesse por vir. Seus olhos brilhavam, e percebi uma mudança súbita em seu humor: ele estava eufórico, encarando o mundo ao redor como palco de uma grande descoberta. O chão da estrada ganhava um tom dourado, cada grão de areia refletindo e dispersando a luz como pequenos prismas. Então, Hofmann elevou a voz, tomado pela mais pura alegria, como se quisesse que todos o ouvissem:

— La vita è bella! É belíssima!

Ele gritou em italiano - um idioma que raramente utilizava — com os braços levantados, saudando o mundo inteiro. Sua voz estava cheia de uma vibração, como se o som fosse uma extensão da sua própria energia. Eu também via tudo ao nosso redor com uma clareza que parecia não ter limite. O mundo estava se expandindo diante de mim, como se as camadas da realidade estivessem se desdobrando em novas dimensões, mais profundas. As árvores, que antes eram simplesmente árvores, agora se transformavam em entidades sagradas. Hofmann, começou a falar, como se estivesse se comunicando diretamente com as forças da natureza.

— Olhe para isso! — Ele exclamou, apontando com um entusiasmo radiante para uma árvore carregada de flores amarelas, à nossa direita. Seus olhos brilhavam com uma alegria e uma certeza que ecoavam em mim.

— O mundo é uma imensa catedral, tudo é sagrado! O vento, a terra, a água... tudo está aí em uma eternidade que não acaba, só se transforma!

Eu podia sentir isso. Não apenas com minhas rodas, mas em cada átomo de metal de meu corpo. Cada pedra no caminho, cada pequeno arbusto, cada pequeno ser que habitava ao longo da estrada, tinha uma presença, um significado que nunca poderia ser descrito em palavras. Era como se eu estivesse vendo não apenas as coisas, mas a sua verdadeira natureza.

Quando um pássaro cruzou o céu à nossa frente, Hofmann parou de pedalar, e a sua voz soou reverente:

— Olha! Olha aquele pássaro. Como ele voa de forma majestosa! Parece ser filho do próprio vento!

O rio à nossa esquerda corria tranquilo. O som da água fluindo, misturado com o vento e o movimento de minhas rodas, tudo parecia música, ressoando em todas as direções. Hofmann soltou as mãos do guidão e disse:

— Olhe o rio, ele nunca para! Ele flui em um eterno movimento, e ao se mover ele cria o tempo, o tempo dele. Cada coisa no universo tem o seu próprio tempo.

Dobramos a última curva da estrada e, finalmente, chegamos em casa. Eu fui descansar em meu canto habitual, ao lado do jardim. Ali fiquei contemplando a noite, o céu, as estrelas. Pensei: que tarde memorável tivemos!

Nos dias que se seguiram, voltamos à nossa rotina. O Dr. Albert Hofmann retomou seu trabalho no laboratório, onde continuou suas pesquisas com substâncias misteriosas e fez novas descobertas que desafiavam os limites do conhecimento humano.

Quando ele encontrava seus amigos e eles perguntavam por que estava sempre acompanhado de sua bicicleta, ele respondia com uma expressão satisfeita:

— Enquanto existir uma bicicleta e uma estrada para seguir, a vida valerá a pena.

Ele sabia o que estava dizendo.

FIM

Made in the USA
Middletown, DE
26 November 2024

65076480R00096